朴賢淑 隨想集

추억의 산책

● 庚寅年 호랑이 해를 맞아 오승우 화백이 필자에게 선물한 그림

● 월탄 박종화 선생께서 가면무도회 공연 관
람 후 필자에게 '雪中梅'란 아호를 붙여주시
며 정사년 신년 휘호를 보내주셨다 (1977년)

● 1949년 한국 최초의 셰익스피어 원작 '햄릿' (이혜랑 연출, 중앙대 연극부, 명동 시공관) 공연 중. 오필리어 역의 필자와 햄릿 역의 최무룡

● 「사랑을 찾아서」(여수) 원각사 공연 후 제작극회 단원 일동(1961년)

● 「사랑을 찾아서」 공연을 보러 온 안익태 선생과 주연 배우 문혜란(1961년)

● 「여인(너를 어떻게 하랴)」 남녀 주인공 선우
용녀와 오상현(명동예술극장, 1970년)

● 「사랑을 찾아서」 공연이 끝난 후 연출자
오사량 선생에게 꽃다발을 증정하는 필자
(1961년)

● 1949년 9월 중앙대 졸업식 전 사은회가 끝나고. 아랫줄 제일 오른쪽이 필자

● 한국여성문학인회 고문 및 간사단 청와대 방문 기념 촬영(1970년 4월 23일)
아랫줄 제일 왼쪽이 필자, 윗줄 왼쪽으로부터 아홉 번째 故 육영수 여사

● 〈그 찬란한 유산〉 출판기념회. 좌로부터 김여정 김소원
박현숙 김용림 이지연 박현령(1986년 5월)

● 2008년 6월 둘째딸 부부와 함께 지리산 별
장에서(사위 이상두 창원전문대 교수, 차
녀 최경화 부산여대 교수)

● 한국여성연극인협회 올빛상 수상 답사
(2007년 12월 12일)

● 세례식을 마치고. 좌로부터 代母 김무순(안젤라) 여사,
필자(엘리사벳), 방상복 신부(2008년 10월 1일)

● 2002년 4월 25일 목포 세미나가 끝나고 진도 앞바다가 보이는 언덕에서. 좌로부터 예술원 회원 김동원 필자 김정옥 임영웅

● 대한민국예술원 54차 정기총회. 앞에서 두 번째 줄 왼쪽 두 번째가 필자(2007년 7월 5일)

● 여성문학인회 방문. 우로부터 시계 방향으로 김지연(회장) 박현숙 김여정 노순자 이정호(2009년 6월 9일)

수상집 / 신국판 / 양장
188쪽 / 늘봄 / 2005

전집 / 신국판 / 양장
전7권 / 늘봄 / 2001

희곡집 / 사륙판 / 양장
334쪽 / 創造社 / 1965

수상집 / 사륙판 / 양장
322쪽 / 創造社 / 1970

희곡집 / 사륙판 / 양장 /
358쪽 / 세종문화사 / 1976

수상집 / 신국판변형
300쪽 / 유림사 / 1982

희곡집 / 신국판
344쪽 / 汎友社 / 1986

수상집 / 신국판
218쪽 / 혜화당 / 1993

희곡집 / 신국판
452쪽 / 대한 / 1996

朴賢淑 隨想集

추억의 산책

늘봄

고마움, 고마움을 담는다

2005년에 여덟 번째 수상집으로 『그리움은 강물처럼』을 출간하며 나의 마지막 문집이 되리라는 생각을 했었다. 10년 전부터 지병인 당뇨와 고혈압이 늘 자신을 잃게 했기 때문이었다. 그러나 그 후 예술원 청탁으로 두 편의 수필이 기재 발표되었고, 또 금년 8월에는 신작 희곡 「그때 그 사람들」 1막 5장을 써서 월간 「문학」지 8월호에 기재 발표되었다. 독자들을 위해 여기 그 희곡의 간단한 내용을 밝혀 두기로 한다.

올해는 1910년 구한말 국권을 일본에 빼앗긴 후 탑골공원에서 기미년 독립선언서를 선포한 지 90년을 맞는 3·1절 기념의 해가 된다. 이 작품은 일제 36년간 그들의 악정에 참

혹했던 그 당시의 사람들을 소재로 나름대로 한 편의 희곡으로 엮어 이름 없이 억울하게 떠나간 많은 순국선열 열사들에게 위로를 드리고 진혼의 희곡으로 바치고자 쓴 작품이다.

그리고 유민영 박사님께서 2007년 12월 예술원 발간집 『예술원보』에 내 희곡에 대한 총평뿐만 아니라 「박현숙論」을 써주시면서 '현대 연극계 대모(代母)' 라는 넘치는 제목으로 칭찬해 주심으로 고마움 때문에 다시 나는 나의 문집을 낼 생각을 했다.

그뿐만 아니라 잊고 있었던 귀한 행사, 2001년에 대구에서 개최된 〈박현숙 연극제〉 (무천극예술학회 주최)에서 나의 희곡 6편이 올려졌는데, 그 모든 공연작품의 작의(作意)와 공연사진 등 그 중요한 기록이 지금까지의 나의 문집에 누락되어 있었다.

1984년 대구에서 한국 희곡의 발전과 희곡 작가들을 위해 대구 대학 김일영(金一英) 교수님 외 각 대학 연극관계 교수님들이 모여 만든 무천극예술학회가 매해 극작가들을 선정해서 중요 작품의 공연 및 희곡연구 강연을 개최해 왔는데, 1998년 〈이근삼 희곡연구〉를 시작으로, 차범석, 박조열에 이어 2001년 4번째로 제가 선정되어, 〈박현숙 연극제 및 희곡연구 강연회〉를 개최하게 되었고, 여섯 연극 극단과 연기자들의 노력으로 성공리에 모든 공연을 마칠 수 있었다. 그 후 작가연구와 여러 교수님들의 연극평이 자세히 실린 소중한 책자도 출간되었었다. 그때 그 고마운 인사를 이제 늦었지만 전달하고 싶어 이번 책에 무대 공연 사진도 몇 장 곁들여 내기로 작정했다. 또 책 출간 소식을 듣고 호랑이 띠인 나에게 예술원 회원이신 오승우(吳承雨) 화백께서 庚寅年 맞이 호랑이 그림을 보내주셨다. 감사드린다.

이번에도 두서없이 나열된 수상집을 쾌히 상재해준 출판사 〈늘봄〉 조유현 사장과 편집진 제위에게 뜨거운 감사를 드리며 그간 컴퓨터 작업에 도움을 준 손정아 양에게도 고마움을 표한다.

2010년 봄

박현숙

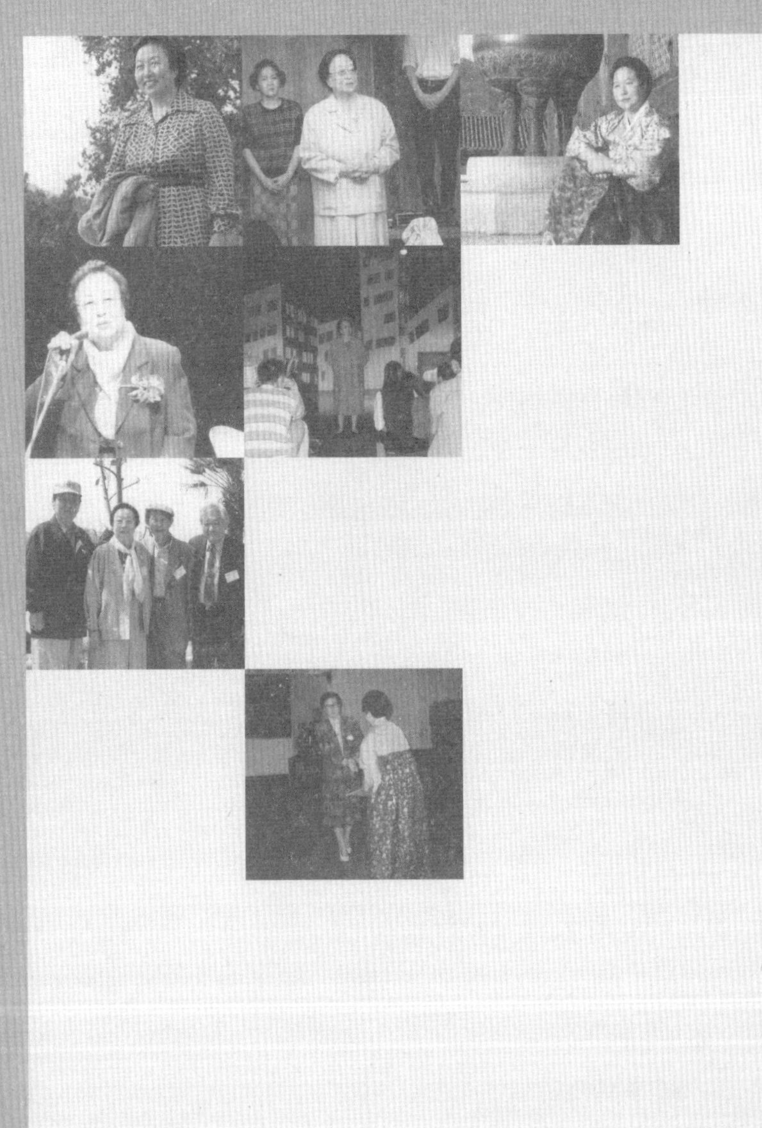

단상斷想 : 일기와 시

단상斷想 : 일기와 시

나

　　나의 기억은 4세쯤까지 거슬러 올라가 어설프게 생각이
난다.

　　그때 나는 외할머니 등에 엎힌 채, 슬프게 땅을 치며 울던
내 어머니께, 외할머니의 목멘 위로의 말소리만 웅웅 울리며
들려왔었다. 그리고 며칠 뒤 나와 외할머니는 달구지에 짐
을 싣고 그 옆에 외할머니 무릎에 앉아서 어디론가 실려 가
고 있었다.

　　도착한 곳은 나의 제2의 거주지인 황해도 작은 어촌 결성
(結城)이란 곳이었다.

일제 통치의 반대 데모대 주동멤버로 꼽혔던 내 아버지가 고향인 평남 강서를 떠나 피난처로 살아왔던 황해도 재령(載寧) 신대리였고, 아직도 그 기억에 남은, 그때 통곡하던 그날이 바로 내 아버지 박순일(朴順一)의 학살당한 시체를 인계받던 날이었음을, 그 후 내 나이 20세가 되어 간호학교 졸업식 날에서야 어머니께서 처음 말해주어 알게 되었다.

나는 어느 핸가 서울 광장으로 이북 이산가족 찾기에 아버지의 고향 친척들을 찾아 보았고, 또 몇 번의 이북5도청에도 찾아가 보았으나, 아버지나 어머니 친척의 소식을 알 도리가 전혀 없었다. 이것이 나의 인생 첫 번째, 운명의 기구한 장난이었다.(＊)

어머니께 띄우는 편지

모진 광풍과 풍랑 속에서도 살아남은 당신의 딸.
이제 노파가 된 딸, 당신께 속죄하는 편지를 띄웁니다.

당신은 어느 광야에서 떠돌다가 어느 산골짜기에서 사라
져 갔습니까?
목이 메이도록 불러봅니다,
어머니, 어머니라고.
이 불효 여식을 용서해 주십시오.
철부지인 내가 어머니께 '당신이 나에게 뭘 해주었습니

까? 질문에

　목메어하시던 그 모습이

　지금도 생생한 목소리로 내 가슴을 울립니다.(＊)

사랑이란

사랑은 소중한 선물
사랑은 나보다 그 사람의
처지를 아끼고 사랑하는 것.

사랑은 영원토록 썩지 않는 것.
사랑은 그 사람의 행복을
빌어주는 것.(*)

그리운 친구 혜원

지금 내가 탄 기차는
어느 무인역에 안착되었다.

서산에 걸린 해는 어둠을 타고
대지를 덮고 있다.

쓸쓸하고 외로운 한기가
온 몸을 감싸 안는다.

친구야 우리가 젊어서
살아온 피난시절(6 · 25)
그때 그런대로 네가 옆에 있어서
즐거웠다.

낮에는 직장(기자생활)
밤이면 사람 얘깃거리로 웃고 울었던
그때 그 시절, 고달팠지만
역시 젊음이 우리를 위로했었다.

그리고, 네가 옆에 있어서
행복했었다.
역시 늙으면
추억을 더듬고 산다는 말,
지금에야 실감난다.
아직도 전화 소리나마 들을 수 있어 즐겁다.(＊)

단감의 추억

지난번의 비보를 받고,

이 가을에 이 글로 작별인사를 한다.

가을이면 보내주던 진영 땅

네 선물, 단감.

금년 가을에는

안 올 거라는 생각을 하니

목이 메인다.

단감 중에도 제일 크고 탐스러운 감으로 고르고,

또 골라 보내주던 그 정성,

너와 나는 고향 친구이며,

20대에 죽음의 38선을 넘어온 친구

서로의 외로움을 서로 달래주며

살아온 60평생 친구 아니었니.

흰 가운에다 흰 머리 수건

넌 살색까지 흰 여인이어서

꼭 지상(地上)에서 만난

천사였었다.

그게 다 마음씨 고운 간호사로

늘 주변 사람들께 추앙을 받아 왔기 때문이다.

모진 고통 속에서도

늘 웃음을 잃지 않고 살아온 너

그 모습을 잊을 수가 없다.

외로울 때면 서로 전화로

위로하며 살아온 내 소중한 친구야

이제 이승의 고통 다 저버리고

하늘나라에서 편히 쉴 것을 믿는다.

희야, 희야. 내 사랑하는 친구야

안녕, 안녕이라고….

목이 메여 이만 줄인다.(＊)

잊을 수 없는 그 목소리

지금 몇 시지

어느 날 친구들이 하나 둘씩

비어가는 세상.

지금은 고난의 짐들을 다 벗어던지고

한마디의 작별의 인사도

나누지 않고, 떠나가는 친구들….

새벽 2시, 3시에 전화를 걸어

목소리를 확인하려던 그 친구.

"내가 늘 기억하는 전화번호니까 걸었어."

잠에서 깬 나는 괴롭다는 짜증보다 나를 기억한다는

반가움에

"그래요, 고마워요."

하는 대답만 하고, 선잠에서 깬

나는 다시 잠을 청해야 했던

그리운 벗이요.

건망증이 심해도 그냥 내 곁에

더 살아주었으면 하는 그리움에

목이 메었었다.(＊)

미리내 실버타운 광장

지금 내가 탄 열차는 어느 종착역에 도착하여

다음 행선지로 떠나갈 준비를 하고 있다.

다음 행선지는 연옥(煉獄)이란 푯말이 쓰여 있다.

시간을 타고 속절없이 흐르는 세월 속에

막차에서 내린 나는 이곳이

미리내성지에 있는 실버타운 광장임을 알았다.

 남녀 선후배 친구들과 반갑게 인사를 나누며

서로 건강하라는 당부의 인사들….

그들은 모두 세파에 지쳐있다.

많은 친구가 지팡이나 휠체어를 소지하고 있는 상태.

이곳은 신교, 구교, 불교가 한데 어울려 사는

바로 유무상통(有無相通)마을 미리내 실버타운이다.

야산이 병풍처럼 둘러싸인 곳.

아침이면 야산 봉우리와 봉우리 사이로 물안개가 아름답

게 피어오르고,

저녁이면 서산에 붉은 햇빛이 봉화를 지르며 침몰하는 곳.

전면으로는 호수가 보이는 곳.

때때로 이곳 광장을 찾아온 가족과 친지들…,

돌아갈 때면

내일을 기약할 수 없는 노부모의 모습을

돌아보고 또 돌아보며 눈물을 감춘다.

서운해 하는 자손들을 전송하며

'남은여생 죄짓지 말고 착하게 살아 달라' 는

당부의 기도를 드리며, 마음속으로 우는 노인들….

속세를 떠날 때 세상 모든 미련 다 버리고 왔건만,

자식에 대한 사랑의 불씨는

여전히 가슴 깊은 곳에 남아있는 상태….

매일매일 내 안의 육체가

말없이 사그라지는 소리를 감지하며

인생무상(人生無常)의 참회에

간절한 기도 소리만은 끊일 줄 모른다.

　양방과 한방에는 노련한 실력을 가진 의사들과 간호사 그
리고 간병사 돌보미도 주야로 교체되며 일하고 있다.
　방상복(대건 안드레아) 신부님께서 총 관리를 하고 계신
다. 뿐만 아니라 부근에 성베드로의집(무료노인요양원)과
작은안나의집(무료노인요양원)도 설립, 관리하고 계신다.

욕심과 이기심으로 가득 찬 이 세상에

가난하고 의지할 곳 없는

불쌍한 사람들의 친구가 되어 헌신하는

신부님이 계시다는 사실이

얼마나 아름답고 훌륭한 일인가?

그리고 늘 인자한 인상의 테레사 원장님,

많은 남녀 천사(직원)들의 친절한 미소가

이 광장을 가득 꽃피우고 있기에

세상만사 다 잊고,

오로지 간절한 참회의 고해성사(告解聖事)로

오늘도 하루 해가 저물어 간다.(＊)

2008년 7월 8일

입주 1년 일기 중에서

예술원보에 실린 수필

지금은 떠나간 스승 — 2006년 12월

명주목도리의 추억 — 2007년 12월

지금은 떠나간
잊을 수 없는 연극계 스승들

올 한해는 유난히 장마도 길었고 무더위 또한 극성을 더했었다. 그러나 추석을 며칠 안 남긴 오늘밤은 제법 선선한 바람이 불어와 옷깃을 여미게 한다.

지난 5월과 6월 사이 연극계의 큰 어른 김동원(金東園), 차범석(車凡錫), 두 분 선생이 타계하셨다. 태어난다는 것은 언젠가는 떠나야 한다는 의미를 내포하고는 있지만, 정작 죽음을 목격한다는 일은 너무도 슬프고 허무하다. 지나간 60평생 나 자신, 연극이라는 테두리 안에서 살아오면서 이분들과의 이런저런 사연들을 필름을 돌리듯 다시 거꾸로 돌려보게 된다.

1946년 중앙대학교 입학과 동시에 내가 연극부 책임을 맡으면서부터, 연세대 학생이었던 차범석 선배는, 나의 연극 성장에 있어서 때로는 동지로 때로는 주장을 달리하는 입장에서, 우리는 끝까지 서로의 뜻을 존중하며 격려하는 그런 자랑스럽고 우정 어린 사이였다. 그런 관계로 차범석 선배와 김동원 선생의 타계는 연극 예술계의 큰 한 쪽이 사라져 버린 그런 허전한 느낌이다.

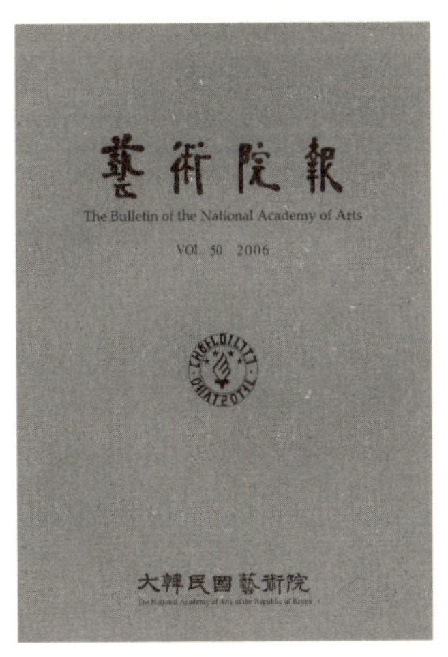

● 2006년 12월 예술원보

미남 배우 김동원(金東園) 선생은 그의 「햄릿」 연극과 더불어 영원히 잊을 수 없는 우리 연극무대의 영웅으로서 그분을 생각하면 멋진 배우가 되기를 희망했던 젊은 나로 돌아간다. 이는 특히 내가 대학연극 때 햄릿을 사랑했던 '오필리어' 역을 했었다는 사실과도 연관된다.

김동원 선생님은 늘 「햄릿」과 연결되는 한 장의 그림이다. 선생님의 멋진 음성 속에는 진짜 연극이 무엇이며, 배우가 무엇이냐를 느끼게 하는 마력(魔力)이 있었다. 만일 그때 나의 상대역 햄릿이 그런 음성의 배우였더라면, 나는 글 쓰는 고단한 역을 않고 영원히 배우로서, 연극 무대 위에서 살았을지도 모른다.

방학 동안을 이용해서 연극 연습을 시작한 것이 나의 첫 번째 대학극 공연인 김태오(金泰午) 부총장님의 「기다리던 메시아」였으며, 그 다음은 문리과대 학장이셨던 정인섭(鄭寅燮) 교수의 「파종(破鐘)」이었다.

그 후 1947년 가을 개교기념일엔 희곡작가 김진수(金鎭壽) 교수의 「코스모스」였다. 그때 여학생들만 있었던 중앙대 연극부가 남녀공학이 되자 최무룡(崔戊龍)과 주동운(朱東雲)이 입학하면서 처음으로 남자 배역을 섞어 공연을 하게 되었다. 그때 전교생 인기투표로 영예의 임영신(任永信) 총장 특별상을 내가 받았었다.

이 후 1948년 우리나라 신극운동의 선구자였던 희곡작가 유치진(柳致眞) 선생님이 연극학회 회장을 맡고 있을 때 처음으로 제1회 전국 남녀대학 연극경연대회가 개최되었고, 우리 연극부도 외국작품 존 밀링턴 싱 작 「계곡의 그림자」를 갖고 연출은 이해랑(李海浪) 선생이 하게 됐는데 이때 나는 난감한 처지에 놓이게 되었다.

그것은 '노라' 역이 30대 육체가 풍만한 섹시한 배역이어야 하는데 그분은 나에게 그 역을 맡으라는 것이었다. 가슴에 솜을 넣은 브래지어에 하의(下衣) 속옷에 솜을 넣어 누빈옷으로 입으라는 것이었다. 그때 나는 깡마른 영 볼품없는 체격의 학생이었기에 나는 "선생님 전 이 배역을 못하겠어요. 다른 학생을 시키세요."하고 극구 사양했으나 이 선생님께서 시종 웃으시면서 권하시는 바람에 눈물을 머금고 해냈고 다행히 홍일점의 여자 연기상을 내가 탈 수 있었다. 그리고 단체상은 2등을 차지했던 일을 기억한다.

　물론 이 선생님의 연기지도가 아니었으면 그 빛나는 상은 내 것이 될 수 없었을 것이다. 그때 상장과 함께 받은 부상 '만년필'은 지금도 나에게는 귀중품 1호로 현재 '영인문학관'에 보관 전시되어 있다. 나의 초창기 희곡 습작은 그 만년필로 썼었다. 그런 인연으로 나는 결국 희곡을 쓰게 되었는지 모른다.

　그리고 그때 처음으로 만난 연세대 연극부의 책임자학생이 바로 차범석 씨였다. 그 당시 전국학생연극경연대회 때 나는 연기상을 탔고 차범석 씨는 연출상을 탔다. 그래서 그후 서로 인사하며 지냈는데, 각 대학 연극부의 주요 멤버는 공연 끝나고도 가끔 만나게 되면서 새로운 연극 운동으로 같이 '제작극회'를 만들었으며 거기서 나와 차범석 씨의 희곡을 몇 작품씩 상연했었고 차범석 씨는 연출도 하였었다.
　어느 날 주연 남배우가 술에 약간 취한 상태로 무대에 선 일이 있었다. 연출을 맡은 차범석 씨가 "당신은 무대가 놀러 오는 놀이터로 생각하나? 그런 생각이라면 그만 두는 게 좋겠어."라고 직격탄을 퍼붓자 연기자가 손을 싹싹 빌던 모습을 아직도 잊을 수가 없다.

이처럼 그분은 연극에 관한한 매우 진지하고 단호했었다. 차범석 씨는 겨울이면 두루마기에 한복차림, 목도리 한 자락을 뒤로 젖히고 걸음걸이도 사뿐 사뿐히, 손놀림 하나에도 예술가다웠었다. 그는 연출가가 되려고 학생시절 함귀봉(咸貴奉) 무용소도 다녔었다. 그는 훌륭한 희곡작품도 많이 남겼지만 연출 능력도 탁월했다.

1949년 가을 우리 중앙대학교 개교기념일을 계기로 대외공연을 가지기로 결정했는데, 한국 초연의 세익스피어의 「햄릿」을 명동 시공관에서 공연하기로 했었다. 연출은 이해랑 선생이었고, 햄릿은 최무룡, 오필리어는 나였다. 그때도 난 이 선생님께서 배역 정하는 날, "선생님 전 노래도 못하고요, 미친 역도 해낼 자신이 없어요. 왕비 역과 바꿔주세요."라고 했는데 역시 이 선생님께서는 조용히 웃으면서 "연출이 지명하면 연기자는 그냥 순종해야지."라고 하는 것이었다.

나는 또 한 대 얻어맞은 그런 기분이었다. 역시 명 연출가의 실력으로 만들어 낸 공연은 유사 이래 시공관 문짝이 떨어져 나갈 정도로 초만원을 이루었다. 끝나고 나서도 앙코르 공연 역시 시청 옆 전 국회의사당 자리에서 3, 4일 동안 초만원의 성과를 올렸었다

　당시 나는 낮에는 학교, 밤에는 직장(정동 방송국)에 나가야하는 고학생이었다. 그때 극작가이며 연출가인 김영수(金永壽) 선생을 만나게 되었다. 엄격해 보이시나 부드러운 연출 솜씨의 김 선생. 나는 6·25 동란 때 홀로 피난민 대열에 끼어 정처 없이 떠밀려가던 대구에서 그분을 다시 만났다. 그분은 나를 방송국 여자 아나운서 방에 머물게 해주셨던 은인이시다.

　다시 부산으로 밀려 내려가자 나는 글 쓸 욕심으로 잡지사(희망) 기자로 직장을 옮겼었다. 그때 우연히 만난 희곡작가 오영진(吳泳鎭) 선생님. 늘 학처럼 고고했던 스승. 선생님께서 예술신보사를 경영한다고 하시면서 여기자가 필요하다고 하셨기에 나는 신보사로 직장을 옮기게 되었다. 오 선생님께서는 민족주의자로서 늘 불우한 우리나라의 운명을 걱

정하며 사셨던 분이다.

　1965년 서울로 환도 후 제작극회 회장을 할 때 연출가 박진(朴珍) 선생을 만났는데, 세계 연극의 날 행사로 박승희 작 「이대감 망할대감」을 문인극으로 결정하고, 그 문인극에 출연해 달라고 하셔서 우리 친구 몇 명과 출연했었다. 그 출연했던 한 달 동안은 그분의 유머러스함으로 인해 시종 웃음바다를 이루며 즐겼던 일은 지금도 잊을 수 없다. 박진 선생은 아버지 같으신 그런 다정한 분이셨다.

　1996년 문학의 해에 연극분과위원으로 선정되자 나는 문인극을 시도했었다. 문인들의 친목과 불우 문인 돕기를 위해, 작품은 해학과 풍자희극을 많이 쓰던 유명한 희곡작가 이근삼(李根三) 선생님께 부탁했고, 연출은 차범석 씨, 작품명은 「어미 새 둥지에서 새끼 새 날려 보내다」였다. 수익금은 병석에 있는 몇 분의 문인께 조금씩 송금했던 생각이 난다. 서항석(徐恒錫) 선생과 이진순(李眞淳) 선생 두 분은 언제나 우리가 공연할 때마다 분장실을 찾아주셨고 칭찬과 격려를 해주셨다. 그 마음 잊을 길이 없다.

　　나의 연극 60평생 여정(旅程)은 이런 훌륭한 선배, 스승님
들을 만났기에 외롭지 않았다. 지금은 그 유명했던 희곡작
가, 명배우, 명연출가가 모두 박수 속에 무대를 떠나갔지만
그분들이 남긴 연극 예술의 빛나는 업적은 세세토록 후배들
에게 교훈으로 남을 것을 확신하면서, 추억을 반추하는 가을
밤은 깊어만 간다.(＊)

명주 목도리의 추억

나에게 큰 전환기인 올 한 해도 어느덧 저물어 간다. 작년 이맘 때 60 한 평생을 고운 정 미운 정으로 살았던 남편이 88세의 고령으로 세상을 떠났다. 10년 동안의 병치레는 나에게 물심양면으로 너무나 힘든 시간이었다. 그 후, 모든 주변을 정리하고 서울을 떠나 이 가을에 경기도 안성으로 이주해 왔다. 겹겹이 두른 야산 속의 마을…. 그 이름도 유무상통(有無相通) 마을이다.

뒤로는 성 김대건 신부 기념관이 보이고 아래로 펼쳐지는

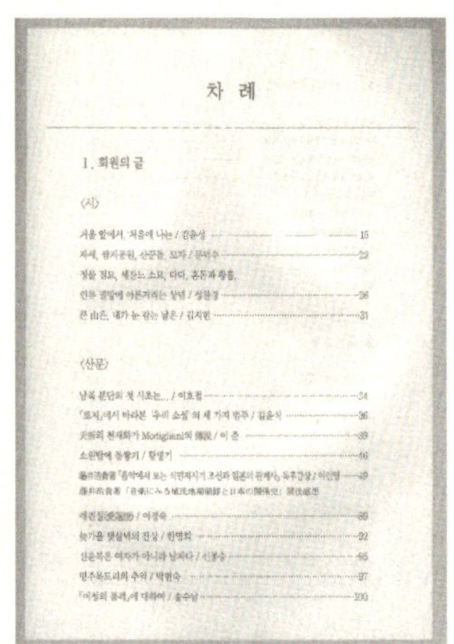

● 2007년 12월 예술원보

미리내 성지 대 성당과 드문드문 눈에 띄는 인가들. 동이 트면 푸른 나무숲과 파란 하늘만 시야에 와 닿는 그런 시골 동네이다. 어쩌면 인생여정(人生旅程)의 마지막이 될지도 모른다는 그런 생각으로 찾아온 곳이기도 하다. 공해와 난무하는 소음 속의 서울거리를 피해 멀리 도망친 패잔병 같은 일말의 쓸쓸함과 서글픔도 있지만 이미 그런 모든 것을 각오하고 찾아온 제3지대이다.

때로는 사랑하는 자식들, 친구들과 멀어졌다는 고독감도 엄습하지만 그 모든 상황들을 극복할 수 있다는 자신감으로

서울을 떠나왔다.

그러나 이곳에서도 신문이나 TV 뉴스는 안 볼 수 없어 기다려진다. 여전히 안타깝고, 짜증나는 소식들은 변함없지만 그 중 가장 안타까운 뉴스 중의 하나가 젊은이들의 자살 소식이다. 이제는 세상 살기가 좋아졌다는데, 취직자리를 찾아 헤매다 자살하는 젊은이들이 늘어간다니 어찌 안타깝지 않겠는가? 물론 그 외에도 경제 문제라던가, 사랑하는 이의 배신 등 죽음을 택하게 되는 다른 이유들도 있겠지만 말이다. 딱 한 번 왔다가는 이 지구상에 그렇게 허망하게 인생을 포기해서 되겠는가? 생각 끝에, 젊은이들에게 조금이나마 도움이 되어주기를 바라는 인생 대 선배의 마음에서 과거 나의 두 번의 자살시도를 공개할까 한다.

나는 일제 식민지 시대가 극에 달했던 1926년에 태어났다. 아버지는 채 얼굴도 익히기 전인 내 나이 4세 때 혁명가로 그 이름 석 자가 기억되어 보지도 못하고 일본 경찰에 반역자라는 이름으로 사살되셨다는 어머니의 말씀이었다.

무남독녀로 자란 나는 젊은 어머니의 억울한 슬픔과 아픔을 이해하기는커녕 가난을 원망하고 학교 진학도 제대로 시켜주지 못하는 어머니를 미워하고 증오하며 성장했다. 지금 돌이켜 생각하면 억장이 무너진다. 비운의 나라, 가난했던 나의 가정, 나의 부모, 나의 고통, 이 모든 것을 주어진 운명이라 생각하며 그 시절 나의 젊음은 눈물과 분노로 얼룩진 일상(日常)이었다. 그러나 그때 그 시절을 살아내야 했던 조선 사람들의 태반이 이러한 피치 못할 운명의 희생자가 아니었을까?

내 나이 16세 무렵, 여기저기서 어린 처녀아이들을 강제로 정신대에 끌고 간다는 공포의 소식이 나날이 더해갔다. 그때 나는 해주 도립병원 부설 간호학교(당시 4년제 간호 양성소)에 시험을 봤다. 그러한 선택을 한 것은 간호사가 되면 강제로 정신대에 끌려가지 않는다는 유일한 이유 때문이었다. 그래서 연극배우가 되고 싶었던 나의 꿈도 접어버리고 간호사의 길을 택한 것이다.

여하튼 이 당시 대학 가기 전에 받게 된 평생 간호사증을 지금도 나는 가지고 있다. 이 후 1945년 3월 졸업과 동시에 간호사증을 받고 수간호사로 6개월 근무하다가 8·15 광복이 터지면서 기쁨의 함성이 채 사라지기도 전에 소련(러시아)군이 패전국(일본)의 재산몰수라는 명목 하에 병원을 점령하자 나는 병원 기숙사에서 내쫓기게 되었다. 다시 닥쳐온 비운에 맨발로 쫓겨난 간호사들은 약탈과 겁탈을 일삼는 소련군의 만행이 날로 심해지는 공포 속에서 이들을 피하기 위해 대부분 남쪽으로 떠났다. 나도 선배 한 명과 후배(현 서울거주 金英子) 한 명, 이렇게 셋이 상경하여 바로 서울대학병원 기숙사에 입사하면서 일단 한숨은 돌리게 되었다.

1946년 9월, 중앙대학교(당시 전문학교) 시험에 합격한 나는 대학 기숙사로 거처를 옮겼다. 그러나 1년이 지나자 등록금을 낼 수가 없게 되었다. 그때 마침 KBS(당시 정동 방송국) 성우모집 광고를 보고 시험을 보게 되는데 대학 연극부에서 책임을 맡고 있던 나는 무난히 성우로 발탁이 되었다.

아침 9시부터는 학교수업을, 저녁 6시부터 밤 10시까지는 방송국 근무를 하며 매일 매일 계속되는 나의 일과는 너무도 힘들었다. 그러나 연출을 주로 맡으신 극작가 김영수(金永壽) 선생과 조남사(趙南史) 선생이 친절히 대해 주셨고 봉급도 월급제였기에 그런대로 생활은 안정을 찾아갔다. 항상 저녁 근무라 밤 11시나 12시가 되어야 집에 돌아오게 되었는데 그때는 왜 그리도 날씨가 추웠는지. 영하 20도의 꽁꽁 언 한강 위를 조심조심 걸어서 넘어 다녔다. 그러한 나의 삶도 하루하루가 살얼음판이었다.

이러한 상황에서도 마음의 위로가 되어준 것은 대학 연극부 활동이었다. 대학 연극부에서는 개교기념일이면 축하 공연을 했다. 무대에 올린 첫 작품은 김태오(金泰午) 부학장님의 「기다리던 메시아」였고, 다음 해에는 문리대학장 정인섭(鄭寅燮) 교수의 「파종」, 그 다음 해에는 희곡작가 김진수(金鎭壽) 교수의 「코스모스」였다. 대외적으로도 한국 초연의 「햄릿」 공연을 가졌다. 1949년에는 시공관에서 열린 전국 남녀대학 연극경연대회에 출전하여 단체 5등과 개인 연기상을 차지했다.

1949년 12월 초, 졸업반 학생들은 미리 취직해도 좋다는 학교의 허락이 떨어졌다. 아마도 그 당시에는 어려운 형편의 고학생들이 많아서 그랬을 것이다. 나는 글을 쓰고 싶은 생각에 잡지사를 택하기로 하고 을지로에 자리한 한국문화연구소(지금의 예술진흥원 같은 기관)를 찾았다. 그곳에는 신명구(申明九) 소장님, 주간에 시인 이한직(李漢稷) 선생, 편집장에 소설가 최태응(崔泰應) 선생이 있었다.

1950년 3월, 전국 남녀 대학 작품 현상모집에서 이화여자대학 졸업반 문예부장인 노옥진(盧玉振)이 콩트 부문 당선을 하고 숙명여자대학 추은희(秋恩姬)의 시, 중앙대학 박현숙의 수필 「어머니」가 당선되었다. KBS에서는 작가 자작 낭송이 있었는데 5월에 나올 예정이었던 잡지는 6·25 전쟁의 발발로 인해 무산되고 말았다.

직장도 없어지고 나는 또 피난 보따리를 매고 남으로, 남으로 내려가야 했다. 정처 없이 떠밀려 내려가며 몇 번이나 죽음을 생각 했었는지…. 전쟁이라는 모진 광풍 속에 피난 대열에 끼어 절규하며 시도했던 두 번의 자살시도는 어머니를 떠올리며 목에 감았던 명주 목도리를 풀어 놓게 하였다. 그 목도리는 어머니와 작별하던 날 춥지 말라고 38선에서 내 목에 둘러주셨던 어머니의 사랑의 선물이었다. 굶주림과 고독, 학비가 없어 퇴학을 당할 뻔한 그 시절의 견디기 힘들었던 아픔들. 삶의 의욕이 처절히 상실되었던 계절이었다.

젊은이들이여, 죽음의 유혹에서 탈출하라. 지난 날 정신대로 끌려갔던 그 아름다운 소녀들을 생각해 보라. 그들이 만약 치욕적인 자기 신세 한탄에 죽음을 택했다면 오늘 날 일본의 교활하고 가증스러운 가면을 벗길 수 있었겠는가? 그소녀들의 산 증언이 있었기에 그들의 호소가 전 세계를 울리며 일본을 머리 숙이게 하지 않는가? 청순하고 발랄했던 젊음을 나라의 운명에 바치고 비웃음거리로 살아야 했던 생애. 그 무엇으로 보상받을 수 있겠는가?

이 세상에는 정말 억울한 삶을 살고 가는 사람들도 많다. 그러나 스스로 별 볼일 없는 삶이라 여기더라도 나름대로 난관을 뚫고 버티었기에 사랑하는 아들, 딸 그리고 소중한 선후배들이 존재하지 않는가. 젊은이들이여, 그대들은 이 나라의 힘이요, 희망이다. 허상일랑 벗어버리고 자신에 맞는 자신의 자리를 찾아라. 그리고 거기서 다시 한 번 뛰어보라.

60년 전 어머니가 내 목에 둘러 주셨던 흰 명주 목도리는 아직도 장롱 속에서 찌든 채 말하고 있다. "어떠한 어려움이 있더라도 절대로 죽음을 택해서는 안 된다. 살아야 한다."라고. 늙어서는 추억을 곱씹으며 산다던가. 마치 죽을 것만 같던 상황들 속에서도 나를 지켜준 것은 어머니의 명주 목도리와 반딧불보다도 작은 신앙심이었다. 그래도 내가 아직 이 세상에 존재하기에 나라를 지켜나갈 우리의 젊은이들에게 지금 이렇게 대 선배로서의 마음을 짧은 글로나마 전달할 수 있지 않은가.(＊)

박현숙論

현대 여성연극의 대모

유민영(단국대 명예교수 · 연극평론가)

현대 여성연극의 대모(代母)

유민영(단국대 명예교수)

조선시대까지만 해도 시문을 쓴 여성은 대부분 기생이었
다. 허난설헌처럼 기생이 아닌 명문가 규수도 더러 시문을
쓰긴 했지만 그것은 극히 드문 편이었고 역시 여성의 경우는

현대 여성연극의 대모

기생문인이 주류를 이루었었다. 이는 남존여비 사상이 농후했던 우리 중세사회의 한 단면을 보여주는 현상이다.

개화기에도 적잖은 문학작품들이 발표되었지만 여성 작가는 잘 보이지 않는다. 다만 현대문학이 시작되는 3·1운동을 전후해서 김명순(彈實)이라든가 김원주(一葉)등이 시를 써서 등단하고 그 후에 강경애 김말봉 박화성 최정희 장덕조 모윤숙 임옥인 손소희 전숙희 조경희 한무숙 강신재 홍윤숙 김남조 신지식 추은희 등 여성작가들이 등장함으로써 우리 문단을 풍요롭게 했으며, 현재는 2~3백여 명이 활발하게 창작을 하고 있다.

　그런 중에도 여성 극작가는 좀처럼 나타나지 않았다. 물론 최초의 여성 화가 나혜석(晶月)이 입센의 『인형의 집』을 읽고 감명한 나머지 짤막한 희곡 한 편을 실험했지만 전문 극작가로 나아가지 못하고 타계했으며, 심재순이 1935년에 「줄행랑에 사는 사람들」이라는 희곡으로 조선일보를 통해 등단했으나 그것으로 끝났었다. 해방 전의 여성으로는 소설가 한무숙이 1943년도에 「마음」이라는 희곡으로 조선연극협회 주최의 응모에 당선된 적이 있었고 다음해에 「서리꽃」이라는 희곡을 썼으나 그녀 역시 다시는 희곡을 쓰지 않았다.

박현숙論

그만큼 우리 연극사에서 본격적인 여성 극작가의 등장은 대단히 오랜 시간을 기다려야 했던 것이다. 왜냐하면 천수백 년의 연극사상 제대로 된 여성 극작가의 등장은 1950년 6·25전쟁이 끝난 뒤에야 가능했기 때문이다. 물론 그 첫 테이프를 끊은 여성 작가는 시인 홍윤숙이다. 1958년에 조선일보 신춘문예에서 「원정」이라는 희곡이 당선되었고, 그 다음 희곡 「무너진 땅」과 시극 「여자의 공원」 등을 발표하고는 시 창작으로 돌아섰다. 그리고 이어서 김자림이 1959년도에 「돌개바람」으로 데뷔했고, 곧 이어서 설중매 박현숙(朴賢淑)이 희곡 「항변」으로 화려한 희곡의 문을 열고 등장한 것이다. 그 뒤를 이어서 오혜령, 전옥주, 강성희, 김숙현, 강추

자, 최명희, 정복근 등이 잇달아 극작가로 등단함으로써 소
위 페미니즘 희극이라는 한줄기를 이루었지만 대부분의 여
성 극작가들은 희곡 창작에 그쳤을 뿐 박현숙처럼 연극운동
으로까지 나아가지는 않았다. 그 점에서 박현숙은 여성극작
가라는 테두리를 넘어 한국 현대연극사에서 중요한 자리를
차지한다고 볼 수 있다.

　필자가 그를 현대연극사의 한 자리에 올려놓는 이유는 다
음 세 가지 때문이다. 그것은 곧 학생극운동과 극작활동, 그
리고 극단 활동 등으로 그의 활동 폭이 여성으로서는 비교적
넓다고 본데 따른 것이다. 즉, 그는 해방 직후에 대학극운동

박현숙論

현대 여성연극의 대모

의 선봉에 섰고, 극작가로 데뷔 한 이후는 평생 희곡 창작을 했으며 현대연극운동의 단초를 연 제작극회 창립동인과 대표로서 여러 해 동안 활동해 온 것이다. 이러한 그의 연극 활동을 생애와 연결시켜보면 매우 흥미 있는 결론이 나온다.

그는 1926년 6월 황해도 재령에서 박순일(朴順一)과 송정옥(宋貞玉)의 무남독녀로 태어났다. 1926년이면 3·1운동이 일어난 지 7년 뒤가 된다. 그런데 여기서 구태여 그의 출생과 3·1운동을 연관시켜 이야기를 하는 것은 그의 생애가 그와 무관하지 않기 때문이다. 사실 그는 네 살 때인 1929년에 아버지를 잃게 되는데, 그 원인은 두말할 것도 없이 일제의

폭압통치와 직결되는 것이다.

　평안도 강서 출신의 아버지는 숭실학교를 나와 재판소 서기라는 사법공무원이었다. 어머니 역시 숭의여학교를 나온 인텔리 여성이었다. 그의 가계는 잘 알려져 있지는 않지만 대체로 조부는 평안도 강서의 부농이었던 것 같고, 외가 역시 강서 사람으로 방앗간과 엿 공장을 했다는 것으로 보아 비교적 윤택한 집안이었던 것만은 분명하다. 그렇지 않았다면 농촌에서 제대로 공부를 시킬 수가 없었을 것이 아닌가. 그런데 의협심과 민족의식이 강했던 그의 부친이 한국인을 탄압하는 일인 검사와 갈등을 빚으면서 파직되었고, 황해도

현대 여성연극의 대모

로 피신해 있다가 1929년 항일운동의 주동자로 몰려 비명횡사하고 말았다. 그와 관련하여 그녀는 다음과 같이 회고한 바 있다.

아버지는 억울하게 재판 받는 조선 사람의 대변자가 되셨다가 요주의 인물로 직장도 박탈당했고, 감시를 벗어나기 위해 평양에서 황해도 재령 심심산골로 할아버지가 피난 보내기도 했다고 한다. 1929년 전국적으로 구국만세를 부르며 시위하던 중 시위 주동자로 몰려 학살된 시체로 인도되었다는 아버지의 이야기는 내가 간호학교로 떠나던 날 어머니께서 들려주시며 '네가 좀 더 커서 시집갈 때가 되면 친가에도 통고하고 같이 한 번 다녀오자꾸나' 하셨는데, 이것이 어머니의 마지막 충고요, 유언이 된 셈이다.

이처럼 그녀는 독립운동가의 딸로 태어나 부친이 일찍 학살당함으로써 그의 가족은 수난의 기나긴 도정을 밟게 된다. 그의 모친은 조모와 함께 해주 근처의 어촌(結成)으로 이주한 후 어선 한 척을 구입하여 거기서 나오는 세(稅)를 받아 생활을 했기 때문에 밥걱정은 하지 않았다. 다만 젊은 과부가 된 그의 모친이 재혼에 실패함으로써 그의 인생행로를 암담케 했을 뿐이었다. 그런 그가 어떻게 해서 연극인의 길을 걷게 되었는가는 다음과 같은 자전적

현대 여성연극의 대모

인 글에 잘 나타나 있다.

　내가 연극을 시작한 것을 8~9세 때부터이다. 초등학교에 입학하기 위하여 해주로 이사했었고 어머니도 그때에 재혼을 했었다. 교회에서는 크리스마스 때 언제나 연극대사를 외워야 했었고, 학교에서도 개교기념일 때면 연극을 했었다. 당시 아랑극단이 1년에 한 번씩 공연 왔었다. 그때 주연배우는 주로 남자 황철 씨였고 그의 상대역인 여주인공은 차홍녀 씨가 맡아오곤 했다. 그 황홀한 조명 아래 연극의 내용에 따라 미남미녀가 열연으로 관중의 마음을 사로잡고 후련하게 내뱉는 대사 그 매력! 나는 커서 꼭 배우가 되고 싶었다. 그래야 내 속의 울분을 시원스럽게 토해낼 수 있을 것만 같은 그런 감정이었다.

　돈이 없어서 학교를 진학할 수 없다는 환경은 나에겐 좌절과 실망만 안겨 주었다. 어머니가 싫어졌고 어디론가 날아가고 싶은 마음뿐이었다. 집을 뛰쳐나가는 것만이 어머니가 나에 대한 회개의 기회도 될 것이라는 생각과 돈 없이 무능한 엄마, 그 재혼한 남자 때문에 늘 숨고 쫓기며 살아야 했던 1년간의 치욕과 어머니에 대한 미움은 분수처럼 터져 나왔다. '가자, 어디론가 먼 데로 떠나자' 라는 생각으로 마침 와있던 아랑극단의 황철 씨를 찾아갔다.

현대 여성연극의 대모

앞에 인용한 두 대목에는 그가 운명적으로 연극인이 될 수밖에 없었던 배경이 기술되어 있다. 그런데 그 배경은 대체로 네 가지로 요약해서 설명할 수 있을 것 같다. 그 첫째가 종교(기독교)와의 관련성이다. 북선 지방은 기독교가 일찍부터 전파되어 기독교 신자가 많았다. 그녀도 그러한 가정에서 자라면서 교회에 드나들게 되었고, 다니던 학교 역시 미국 선교사가 세웠기 때문에 거기서 자연스럽게 성경과 성극을 접하게 된 것이다. 그러니까 그는 크리스마스와 같은 교회의 주요 행사 때마다 어린이 성극의 주인공으로 조그만 무대에 서면서 독특한 연극의 매력에 은연중에 끌리게 되었던 것 같다. 그것은 뒷날 간호학교에 진학해서도 비슷한 역할과 체험을 한다.

두 번째로는 유년 시대의 독특한 연극체험이다. 즉 당대 최고의 대중 연극배우 황철과 차홍녀의 공연 관람에서 어떤 자극을 받았다는 사실이다. 그는 황철과 차홍녀의 사진이 새겨진 광고포스터만 보고도 잠을 못 이룰 정도였고, 그들의 연기를 보고는 또 그런 체험이 창작의 바탕이 되기도 했다는 점에서 그의 연극체험은 중요한 의미를 지닌다고 하겠다.

세 번째로는 역시 그의 천부적 재질이었다고 말할 수 있다. 그러니까 모든 사람이 다 예술적 체험을 한다고 예술가

현대 여성연극의 대모

가 되는 것은 아닌 만큼 그가 연극인이 된 것도 특별한 재능에 따른 것이었다고 보아야 할 것 같다. 일찍부터 그녀가 연극의 주역으로 뽑혀서 자기 역할을 충실히 해낸 것은 역시 총명하고 단정한 용모에다가 소질도 있었기 때문이다.

그리고 네 번째로는 불운한 가정환경이 그로 하여금 연극의 길을 가게 만든 것이다. 즉 독립지사의 무남독녀로 편모 슬하에서 가난과 수치로 유소년 시절을 보내면서 그런 가정으로부터 이탈하여 연극으로 자신의 답답한 심정을 털어내고 싶은 욕망이 용솟음쳤다는 점이다. 그러니까 불운한 가정환경과 소녀시절 교회의 성극에 출연하여 박수 받은 것이

계기가 되어 연극의 길을 걸었고, 그것이 그의 운명처럼 되었다는 이야기인 것이다.

그 점은 근자 그녀가 짤막하게 쓴 시(詩) 두 편에도 나타나 있다. 즉 그는 '회고록' 이라는 시에서 '억울하고 참혹한 역사 속에 부딪치며 살다 보니/ 나는 대학시절부터 일기를 썼다/ 그것이 내 삶의 한(恨)의 기록이었다./ 내 안에 울분의 찌꺼기를 글로나마 털어버리고 싶어서였다/ 그것이 글쓰기 시작한 시초요 희곡을 쓰게 된 셈이다' 라고 읊었으며, '연극의 매력' 이라는 시에서는 '어린 시절 크리스마스면 무대에 올랐다/ 그때 받은 박수가 연극 주변에서/ 살아온 나의 운명

현대 여성연극의 대모

이다/ 1944년 해주 도립병원 개원기념공연에/ 엉터리 내 각본에 연출 출연까지 맡아 공연했었다./ 제목은 '외로운 사람들'/ 그 다음 해는 일인극에 출연, 박수와 찬사를 받은 후/ 나는 줄곧 지금까지 연극 주변에서 살고 있다'고 쓴 것이다.

그러나 그의 연극에의 꿈은 일단 모친의 절대적인 반대에 직면함으로써 간호사의 길을 걷게 된다. 즉 그가 해주에 있는 도립간호원학교에 입학케 된 것이다. 당시 소녀들을 정신대에 강제로 끌어가던 시대였다는 것이 그의 진로에 상당한 영향을 준 것도 사실이었다. 한편 그녀가 당시에 사회봉사를 할 수 있는 길로서는 차선책이긴 해도 간호사가 적합하다고 믿기도 했었다.

　그는 간호학교를 다니면서도 연극에의 미련과 매력을 떨쳐버릴 수 없어서 전공과는 무관한 연극을 틈틈이 했다고 한다. 그러니까 그는 간호학교에서 주연뿐만 아니라 희곡도 쓰고 연출까지 하는 1인 3역을 할 정도로 열정적인 아마추어 연극인 노릇을 한 것이다. 그는 해방직전 간호학교를 졸업하고 종합병원이었던 해주도립병원 이비인후과 수간호원으로 취직해서 생활안정을 얻게 된다. 얼마 후 해방을 맞은 그는 공부를 더 하고 싶은 욕심으로 해주에 처음 생긴 음악전문학교 성악과에 입학케 된다. 그리하여 낮에는 간호사로서

현대 여성연극의 대모

근무하고 밤에는 성악을 공부하러 야간전문학교를 다니게
되었다.

그러나 그녀는 해방직후의 혼란기에서 소련군의 만행 등
을 보면서 월남을 결행케 된다. 조모와 모친을 남겨두고
1946년 겨울에 병원 친구들과 단신 월남한 그녀는 일단 서
울대학병원의 간호사로 취직하고 있다가 가족을 만나러 다
시 해주를 다녀온 적도 있다. 그러나 늙은 조모와 모친은
월남할 수가 없었기 때문에 혼자 돌아올 수밖에 없었던 것
이다.

서울대학병원에서 간호사로 일하다 중앙대학에 입학한 그
녀는 마음속으로 두 가지를 생각하기 시작했다. 그 하나는
한 여성으로서 국가를 위해 무엇을 해야 할 것인가 하는 대
의(大義)의 문제였고, 다른 한 가지는 개인적 취향에의 끌림
에 관한 것이었다. 그와 관련하여 「인생의 방향」이란 짧은
에세이에서 그는 다음과 같이 쓴 바 있다.

　해방이 되고 공부를 계속 하겠다고 생각되어 38선을 넘을
때, 나는 나라 일에 더 큰 관심을 가졌었고 여성이라는 문제
에 더 큰 흥미를 느끼고 있었다. 일제 때의 여러 가지 사회현
상에서 부지불식간에 조성된 일이라고 생각되기는 하지만

현대 여성연극의 대모

나라와 사회를 올바로 잡는데 내 연약한 힘이나마 보태겠다는 의욕이 불꽃처럼 튀었던 일이다. 나는 여성운동에 앞장서고 정계에 나설 야심을 가지고 대학에 들어갔다. 헌데 일이란 참 묘하게 되었다. 해방 후 어느 대학에서나 마찬가지지만 자기네 대학의 특색을 살리려고 어떤 학부만을 중점적으로 내세우는 경향이 있었다. 우리 대학에서는 남녀공학하는 대학 치고 여학생이 많아서인지 연극부를 가장 앞세웠다. 나는 서슴치 않고 연극부에 들어갔다. 그리고 부의 책임자로 선임되었다.

이상과 같은 그의 에세이에서 보여주는 것처럼 당초의 목

표는 정치가였다. 그가 정치가를 꿈꾸게 된 동기는 아무래
도 유년시절의 고통에 찬 삶에 대한 반사로 보아야 할 것 같
다. 어떻든 선친의 죽음이 그로 하여금 반일과 민족에 눈을
뜨게 했고, 해방된 조국을 굳건하게 하는데 일조를 하겠다는
생각을 하는 것은 극히 자연스런 것이 아니었나 싶다.

그러나 처녀의 몸으로 혈혈단신 월남한 그로선 신여성 임
영신(任永信)이 운영하는 중앙대학교에 들어감으로써 운명
이 달라진 것이다. 당시 초창기 신흥대학들에서 특징으로
내세운 연극부 책임학생이 됨으로써 그는 자연스럽게 연극
을 통한 사회개혁으로 방향을 틀게 된 것이다. 최무룡, 주동

현대 여성연극의 대모

운 등과 중앙대학의 학생극을 이끌면서 「기다리던 메시아」, 「파종」 등의 작품으로 무대경험을 쌓을 수도 있었고, 김진수가 쓴 희곡 「코스모스」에 주연으로 출연하여 영예로운 총장상을 받기도 했다.

과묵하고 단아한 용모의 그는 여배우로서는 안성맞춤이었다. 중부출신의 정확한 표준어 구사능력도 그로 하여금 단번에 대학극의 신데렐라로 발돋움 할 수 있게 해주었다. 당초 그가 입학한 곳은 교육학과로서 장차 쟌 다르크와 같은 사람이 되겠다는 꿈을 가진 때도 있었다. 그런데 전문학교가 대학으로 학제가 변경될 때 심리학과로 전과한 것이었

다. 장차 정치를 하든 글을 쓰든 심리학은 여러 면에서 절대
로 필요한 학문이라 생각했기 때문이다. 그러니까 다른 사
람의 마음을 알아야 움직일 수 있고 또 극도 쓸 수 있을 것이
라 믿은 것이다. 그러나 그는 심리학 공부보다는 연극에 더
열성적이었다.

혈혈단신 월남한 그녀의 고학생활이란 고난 그 자체였다.
그는 결국 생존을 위해서 1947년 경성방송국 성우로 취직함
으로써 최소한의 생활을 유지할 수 있었다. 그녀는 장민호,
이혜경 등과 성우생활을 같이 하는 행운도 누렸던 것이다.
그가 성우까지 겸함으로써 연극과는 더욱 가까워졌고 대학

현대 여성연극의 대모

극의 히로인으로 부각되는 것은 시간문제였다. 즉 1948년 유치진 주도의 연극학회 주최의 제1회 전국남녀 대학극 경연대회에서 여배우 주연상을 받음으로써 대학극에서는 물론이고 기성 연극계에서도 주목의 대상이 된 것이다. 그리고 1949년에도 한국 초연의 「햄릿」 (셰익스피어 작)에 오필리어로 출연하여 대단한 갈채를 받기도 했었다. 당시 대학극 (연세대) 연출가로 이름을 날렸던 차범석은 그녀에 대한 인상을 「한 잔의 커피 향 같은 우정」이라는 에세이를 통해 다음과 같이 쓴 바 있다.

　갸름한 얼굴을 한, 턱밑에 까만 점이 있었던 평범한 여학생은 시선을 끌 만큼 미인도 아니었거니와 말도 없었다. 그러나 며칠 후 시공관 무대에서 존 밀렁턴 씽의 「그늘진 계곡」에서 '노라' 역을 해낸 그녀는 완전히 다른 하나의 인간으로 탈바꿈하고 있었다. 낭랑한 음성과 여성미가 절절 넘치는 자태, 그리고 풍부한 감정의 표출은 자연인 박현숙에서는 도저히 찾아 볼 수 없는 아름다움과 신비감마저 물씬 느끼게 했다. 그녀는 최우수여자연기상을 탔고 나는 연출상을 탔었다.

이상과 같이 그녀는 여배우로서 대성할 자질을 갖고 대학 극 무대의 히로인으로 화려한 각광을 받고 등장한 것이다. 대학시절 그의 활동으로 볼 때, 지금쯤 원로 여배우로서 군

현대 여성연극의 대모

림하고 있을 것 같지만 극작가로 대성하고 있었다. 그가 왜 여배우의 길을 걷지 않았는가에 대해서는 후술하겠거니와 '나의 문단 데뷔 시절' 이라는 에세이에서 "결혼이 나에게서 꿈의 무대를 앗아가 버린 것이다."라고 밝힘으로써 그의 가정환경에서 찾아야 하지 않을까 싶다. 다른 한편으로는 앞에서도 언급한 바 있는 것처럼 엄격한 기독교 가정에서 태어났고 일제에 저항적인 부모 밑에서 자랐다. 그러니까 매우 완고한 보수적인 가정에서 성장했다는 이야기가 된다. 그런 여러 가지 복합적인 요인이 작용하여 그를 다른 방향으로 돌리게 만든 것 같다.

그는 대학시절 취향과 생활을 위해서 잠시 성우로 활동했고 졸업반이 되자 글을 쓸 목적으로 한국문화연구소 기자가 되었다. 그런 때에 6·25전쟁을 만나게 된 것이다. 전쟁이 누구에게나 고통을 안겨주기는 마찬가지일 것이다. 그가 대학 후배들과 피난길에 올라 부산에까지 이르는 데는 많은 사람들처럼 생사의 고비를 넘는다. 부산에 정착한 후 그녀는 희망 잡지사의 기자로 취직하여 성우생활을 접게 된다.

이어서 그녀는 극작가 오영진이 주관한 문학예술신보사로 자리를 옮겨 활동하다가 고향 사람 최홍룡(崔洪龍)을 만나 단란한 가정을 꾸리게 된 것이다. 결혼을 하면서 그녀는

현대 여성연극의 대모

그 당시의 보통 여성들처럼 대외활동을 접고 한 가정에 충실한 아내로 돌아가게 되는 것이다. 그러나 그는 가정에 묻혀서 자녀 키우기만으로 만족할 수 없었고 내면 속의 외침을 억누를 수 없었다. 그는 결국 가정생활을 하면서도 혼자 집에서 할 수 있는 일은 당초 자신이 꿈꾼 바였던 문학에의 길이라 생각한 것이다.

그녀가 「나는 왜 문학을 선택했는가」라는 에세이에서 "남달리 고독한 환경에서 살아야 했던 나는 친구들과 어울려 노는 시간보다는 오히려 조용히 독서하는데 더 열중했었고, 그러다 대학 연극부 부장을 맡았고, 그때 좋은 교수님 지도로 직접 출연하게 되었고, 때때로 학보사 같은데 글을 게재한 적도 있었다. 그때부터 문학 곁에 가까이 있게 된 셈이라고나 할까. 어쨌든 나와 문학의 상관은 이렇게 되어 이루어졌는지 모른다. 방송극에 출연을 했고 연극을 하면서 이름 있는 작품의 재미있는 줄거리나 대사에 언제나 나는 취해 살았다. 문학의 향기를 알게 된 것은 이때였다."고 씀으로써 그녀가 작가가 될 수밖에 없었던 배경을 술회한 바 있는 것이다. 그렇다면 그녀가 왜 하필 소설이나 시가 아닌 극작가로의 길이었는가 하는 점인데, 그에 대하여는 다음과 같이 회고했다.

현대 여성연극의 대모

결혼한 후론 외부활동은 일체 중지하고 혼자 할 수 있는 작
업을 연구했다. 소설가가 되고 싶었으나 그것보다는 연극으
로 익숙해진 무대 상황과 배우들의 분위기 흐름을 많이 알고
있기 때문에 오히려 내게는 희곡 쓰는 쪽이 편하게 느껴졌다.
그때부터 희곡습작에 들어간 것이다.

이상의 글에서 알 수 있는 것처럼 그가 희곡을 쓰게 된 동
기는 젊은 시절 아마추어 연극과 방송극 등을 했던 경력의
가정주부로서는 극작이 최선이라는 것을 인식하고서였던
것이다. 거기에다가 당초 그녀가 하고 싶었던 정치 사회운
동을 연극을 통해서 해야겠다는 생각까지 겹쳐서 희곡창작

에 나선 것이라고 말할 수가 있을 것 같다. 이는 그가 쓴 한 에세이에서도 확인할 수가 있다.

'이 이념의 밑바닥에 깊이 잠재해 있는 사회참여 의식이 나도 모르게 강렬하게 샘솟아 작용한다' 면서 '예술 가운데서도 사회성이 가장 강렬한 연극을 좋아하고 또한 그 희곡 작품에서도 사회성이 짙은 것을 택하여 그 소재로 하게 되는 것은 필연적' 이라 아니할 수 없는 일이다.

이러한 생각을 가진 그는 이미 1950년 초에 문화연구소가 전국적으로 공모한 문예작품 현상모집에서 수필 「어머니」

현대 여성연극의 대모

가 당선작으로 뽑힌 적도 있기 때문에 희곡으로 돌린 것은
어쩌면 수월한 일이었는지도 모른다. 그런 그가 드디어
1960년 조선일보 신춘문예에서 「항변」으로 입선의 영광을
안게 된다. 단순한 입선으로 만족할 수 없었던 그는 이듬해
「사랑을 찾아서」(일명, 女囚)를 가지고 가작 입선, 그 다음해
인 1962년 「땅 위에 서다」로 당선의 영광을 안게 된 것이다.
그녀는 정열적인 창작활동으로 데뷔 5년 만에 여성으로서는
최초의 희곡집 「여인」을 펴냈고, 다시 5년 뒤에는 수필집
「막은 오르는데」도 출간했다. 그는 창작활동만으로 만족하
지 않았다. 그는 드디어 대학시절 연극을 함께 했던 차범석,
최창봉, 조동화, 김경옥, 이두현, 노희엽, 안평선, 김지숙, 최

상현, 오사량 등과 제작극회 조직에 참여 했다. 그 배경과 관
련하여 그녀는 다음과 같이 회고한 바 있다.

1948년 제1회 전국 남녀 대학연극 경연대회 때 두각을 나
타냈던 동지들은 당시 명동입구 '동방싸롱' 이라는 찻집이 집
합장소였다. '대학극회' 라는 명칭으로 신극운동을 하자는
열의들이 대단하였다. 그러다가 6·25가 일어났고 동지들은
모두 지방으로 뿔뿔이 헤어졌다. 1·4후퇴 시는 부산에서 연
대 박성호, 고대 김경옥, 이수열, 김지숙들과 같이 마르셀 빠
놀의 〈마리우스〉에 화니 역을 맡아서 대구 문화극장에서 공
연한 적도 있었다. 그리곤 1956년에야 서울로 환도해 왔다.

박현숙論

… (중략) … 전후 폐허를 딛고 신협(新協)이 신극의 명맥을 잇고 있던 시절, 우리 대학출신의 연극동지들은 다시 모여 무엇인가 보다 새로운, 기성극단보다 좀 더 현대적인 연극을 한다라는 합의로 장황한 선언문까지 발표하며 출발했던 것이 제작극회였다.

이상과 같이 제작극회는 해방 후 서울의 주요 대학극 출신들이 모여 신협 일변도 연극의 흐름을 바꾸어보려는 의도로 시작된 것으로서 여성으로서는 단연 그녀가 앞장섰었다.

따라서 몇 번의 대표가 교체되는 과정에서 1969년부터 그

녀가 여성으로서는 박노경, 이병복 등에 이어서 세 번째로
극단 대표가 되어 제작극회를 직접 선두에서 이끌게 되는 것
이다. 그가 제작극회 대표직을 맡기 전에는 폭넓은 사회활
동을 하고 있었다. 그 대표적인 것이 서울가정법원 가사조
정위원이었다. 법원의 가사조정위원은 도덕적으로 깨끗해
야 되고 식견과 경험이 풍부할 뿐만 아니라 이해 당사자 간
의 화해를 기하는 조정능력을 갖춘 사람이라야 될 수 있다는
점에서 그녀의 온후한 인품을 짐작케 하는 것이다.

이런 그가 극단을 이끌었기 때문에 침체되었던 제작극회가
회생의 가능성을 보이기 시작했다. 당시 디자이너 이병복이
이끌던 자유극장과 선의의 경쟁관계까지 이르렀던 제작극회

현대 여성연극의 대모

의 박현숙의 활동과 관련하여 주간잡지인 「주간여성」은 다음과 같이 매우 흥미로운 기사를 게재한 바 있었다.

　제작극회는 연극이 아직도 대중예술로 크게 발전되어야 한다는 희망을 가지고 있다.　좀 더 확실성 있는 극단 기금을 마련하기 위해 생각한 그들의 아이디어는 극단주식회사제의 기획이다. 그러니까 연극애호가들에게 주(株)를 팔자는 생각이다. 1주당 1천원으로 정하고 이 주를 열 개 이상 즉 1만원어치 이상 사야 주주가 될 수가 있다. 근대식 주식회사 체제를 철저하게 이어받음으로써 상업극단을 성공시켜 보겠다는 야심이 농후하다 하겠다. 제작극회 후원회들은 남녀가 많은

데 비하여 자유극장 주주들은 여성들이 대부분이다. 연령층
은 별로 특징이 없고 여자회원 중에서 인텔리 주부가 많은데
비하여 남자 주주들은 사회유지들이 많다. 제작극회 주주들
은 박현숙 씨의 개인적인 친지들보다는 경제, 실업계, 학계의
저명인사들로 주력부대를 구성하고 있다. 여자 주주들은 대
부분이 말하자면 박현숙 씨의 개인적인 영향력에 끌려온 명
사들이다.

　이상의 글에서 박현숙의 정치적 수완 및 인간적 폭과 사교
성, 그리고 연극관 같은 것을 어느 정도 엿볼 수 있지 않을까
싶다. 그는 일찍부터 연극의 사회적 기능과 함께 대중화를

현대 여성연극의 대모

목표로 했다. 그는 소수 귀족취미로 연극을 즐기는 것을 경계하고 동시에 거부했다. 많은 사람이 보고서 사회개선에 이바지해야 한다는 것이다. 그가 1973년도에 중앙대학의 석사 학위 논문으로 제출한 테마도 바로 한국연극의 사회적 기능에 관한 것이었다. 그녀는 세계 연극의 흐름과 한국연극의 발전 과정을 문학사회학적 방법으로 일별하면서 다음과 같은 결론을 도출했었다.

연극이 사회적 기능을 완수하기 위해서는 사회구성원의 하나로서의 연극인의 자세 확립이 중요하다는 것을 지적해야 하겠다. 그들은 인간상실의 현대사회 체제 속에서 새로운 인식의 장을 열고 자유를 획득할 수 있는 용기 있는 실존인이 되어야 하며, 그들의 자의식과 사회의식을 통하여 사회의 불합리와 비논리를 개선함으로써 새로운 사회질서가 확립되어야 하는 것이다.

이상의 글에서 그녀가 하고 싶었던 주장은 연극이란 것이 당초 인간과 사회관계 속에서 생성된 만큼 본질적으로 연극은 사회개선에 이바지해야 하며, 그러려면 먼저 연극인들이 각성해서 용기 있게 그런 방향으로 창조 작업을 벌여나가야 한다는 것이었다.

현대 여성연극의 대모

그러려면 연극은 당연히 직업화되어야 하고 극단은 조그만 주식회사 형태가 되어야 한다고 믿었던 것 같다. 제작극회를 주식회사체제로 끌고 가보려 한 것도 순전히 그의 생각이 아니었던가 싶다. 따라서 그가 후원자로 끌어들인 사람들은 대부분 남자들이었고 정계, 재계, 학계의 명사들이었다. 나머지 여성들은 영향력 있는 문인이었다. 그가 뒷날 한국 여성문인학회 회장을 맡았던 것도 우연의 일이 아니다. 그는 잣 달게 규방에 들어앉아 있는 주부들을 상대하지 않았다. 그의 친구들 역시 정·관·재· 학계의 남자들이었고 여성들은 거의가 문인이었다. 그의 친화력과 인간적 폭을 짐작할 수 있게 해주는 것이다.

당시로서 그의 연극관이 실현되기에는 상황이 너무 열악했다. 나라 전체가 빈곤 극복을 위한 경제개발에 집중되어 있었던 데다가 국립극장 외에는 공연장이 없었던 시대에 연극의 대중화라든가 직업화는 하나의 이상일 수밖에 없었다. 그러나 그가 지향했던 방향만은 너무나 옳은 것이었다. 그는 시답잖은 연극 한 가지만으로는 성이 차지 않았다. 당초 처녀시절에 품었던 국가경영에 대한 꿈을 한 번 살려보고 싶은 욕망에 사로잡히기 시작한다.

그런 때에 집권당으로부터 요청이 왔다. 중앙상임위원으로 임명된 것이다 일제하의 수난과 해방 직후 소련 군인들의

현대 여성연극의 대모

횡포에 분노해 있었던 그는 언제든 '나라 바로 세우는데 이
바지한다' 는 깊은 마음속의 한을 펼 기회를 얻었다고 믿었
다. 그러나 정치판은 그를 금방 실망시켰다. 세력다툼과 모
함 모략이 난무하는 정치판에 그는 환멸을 느끼기 시작했
다. 그는 정치판이 자기가 뛰놀 무대가 아니라는 것을 곧바
로 깨달은 것이다.

그렇다면 그가 왜 정치와 연극을 조화시켜보려 했을까. 그
에 대한 답변은 그의 '연극에의 매력' 이라는 에세이에 잘 나
타나 있다.

물론 그래서는 안 되고 정치는 어디까지나 현실의 모순과 결함을 타개하여 보다 나은 사회로 성장시키는 것이 목적이라 하겠다. 즉 정치는 현실을 보다 나은 현실로 이끌어 올리는데 그 뜻이 있다. 이렇게 볼 때 연극과 정치는 그 지향하는 바는 다르지만 다루는 소재가 현실이라는 데는 공통적이다. 즉 연극은 현실을 관조하고 비판하고 예언하는 사회의 등불이고, 정치는 현실을 재단하고 정리하고 개척해 나가는 사회의 동력이다. … (중략) … 정치와 연극에는 또 하나의 공통점이 있다. 현실을 다루는데 있어서 둘 다 치밀한 조직력이 필요하다는 점이다. 어떤 예술이든 조직이 필요 없는 것은 없겠지만, 정치나 연극이나 모두 여러 사람, 즉 하나의 집단이 조

현대 여성연극의 대모

화를 이루어 치밀한 조직력을 발휘할 때 비로소 충분한 효과를 나타내는 것이다. 이것은 아마 현실이나 질서의 본질일는지 모르겠으나, 어떻든 나타난 현상으로 볼 때 가장 절실하게 조직력이 요구되는 것은 연극과 정치인 것 같다.

연극과 정치가 여러 면에서 공통점이 있다고 믿고 다가서 보려 했던 그녀였지만 그의 종교로 다져진 정의감과 진실함, 그리고 극작가로서의 순수함과 서정성은 살벌한 정치판에서 상처 입기가 십상이었다. 그는 정치에의 미련을 단 1년만에 털어버리고 창작생활에만 몰두했다. 자기 일생의 궤적을 오로지 한 가지 방향으로 잡게 된 것이다.

바로 여기서 그의 연극관을 한 번 짚고 넘어가지 않을 수 없을 것 같다. 그는 「연극에의 매력」이라는 에세이에서 다음과 같이 설명한 바 있다.

'연극은 사회의 거울이다' 라고 말한 셰익스피어의 혜안을 새삼스럽게 말하려는 것은 아니지만, 연극이야말로 사회의 모든 현상을 세밀히 관조할 수 있는 좋은 예술 수단임에는 틀림이 없다. 종합형태의 예술이 많기는 하지만, 연극은 인간의 말과 동작이라는, 즉 인간의 심리적, 사회적 또는 물리적 행위를 가지고 형상화하는 예술이기 때문에 자연히 현실과 밀착하게 마련이다.

현대 여성연극의 대모

그뿐 아니라 연극은 항상 현실의 앞장에 서서 인간의 꿈, 사회의 비전을 제시해 준다. 그에 앞서 사회와 현실을 신랄하게 비판하고 모순과 악을 고발하는데 주저하지 않는다. …(중략)… 동지들이나 관객들이 흔히 내 작품에서 사회성이 강하다고 평한다. 이것은 사회에 대한 또는 정치에 대한 내 관심이 깊은데서 비롯된 것 같다.

그것은 내 이념의 밑바닥에 깊이 잠재해 있는 사회참여의식이 나도 모르게 강렬하게 샘솟아 작용하는 때문인지 모른다. 솔직히 고백해서 사회에 대한 참여의식은 예나 지금이나 나를 강렬하게 지배하고 있다. 내가 예술 가운데도 사회성이 가장 강한 연극을 좋아하고, 또 연극의 작품 가운데도 사회성이 짙은 그런 것을 택하여 희곡의 소재로 하게 되는 것은 어쩔 수 없는 일일는지 모른다.

그러면서 그는 '나는 연극을 통해서 사회참여에 온 정열을 쏟을 때만이 산다는 보람을 느끼는 때문인지 모르겠다'고 술회한 바도 있는 것이다. 그렇다고 해서 그가 그런 연극관에 얽매어 있기만 한 것은 아니었다. 그는 활발한 사회 활동을 하면서도 전통적인 가정의 가치를 최고로 존중했고 따라서 가정 지키기와 사회활동, 그리고 연극운동을 삼위일치시킨 것이다. 그러는 동안 그는 네 권의 희곡집과 세 권의 에세이집, 그리고 몇 편의 논문도 발표했다. 드디어 2001년에

현대 여성연극의 대모

는 일곱 권으로 된 『박현숙 문학전집』까지 발간한 것이다.

그의 작품세계의 씨줄과 날줄은 역시 사회와 가정이라 말
할 수 있을 것 같다. 그런데 가정의 확대판이 사회라 볼 때
궁극적으로 그가 추구하는 것은 행복한 가정을 지키는 일이
라 말할 수 있다.

사실 행복한 가정은 부부의 사랑으로 이루어진다고 볼 때
그의 관심은 사랑에 모아진다. 그런데 그 사랑이라는 것이
단순히 이성간의 사랑이나 가족애를 넘는 대단히 넓은 사랑
이다. 그가 너무나 여성적이고 모성애가 철철 넘치는 작가

지만 거기에 그치지 않고 성을 넘어서는 사회적 사랑을 묘사하고 싶어 한다. 그는 일단 사랑을 출발점으로 삼고 부부간의 미묘한 심리적 갈등이라든가 가족문제, 청소년 문제, 그리고 후진 사회가 빚어내는 고정관념과 인습에 의한 고통과 정치혐오 등을 섬세하게 그려낸다. 그러나 후반에 와서는 마치 유진 오닐처럼 자전적인 작품으로 자신의 인생을 정리하려는 것처럼 보이기도 한다.

누구보다도 사랑의 갈증을 느끼고 사랑의 부재를 괴로워하는 그는 언제나 진정한 사랑을 갈구한다. 이는 아마도 그가 가정법원 가사조정위원으로 30여 년간 봉직하면서 그 당

현대 여성연극의 대모

시로는 남성들의 횡포로 억울하게 이혼당하는 아내들이 많았기에 대부분의 소재를 거기서 얻었을 것으로 생각되고, 따라서 자연스럽게 여성들에 동정심을 갖고 쓰지 않을 수 없었으리라 본다. 습작기에 쓴 「출발」은 농촌청년과 대학생, 그리고 한 여성간의 삼각관계를 묘사했지만 다분히 교훈적이다. 그 다음 작품 「항변」에서 그는 자신의 정치관 사회관 애정관 등을 보여준다. 권력과 금력만을 쫓는 남편과 가정적인 아내와의 정서적 괴리를 애정의 부재를 통해서 묘사하는 것으로 정치와 남성에 대한 혐오감을 우회적으로 표출한다.

가령 「항변」의 주인공(한민수)만 하더라도 권력과 돈에

굶주린 국회의원으로서 가정은 전혀 돌보지 않는다. 반대로 아내는 남편의 따뜻한 애정과 행복한 가정을 희구한다. 여기서 부부간의 갈등이 빚어지는 것은 극히 당연하고 결국 가정은 파탄지경에 이를 수밖에 없는 것이다. 그 결과는 아들의 죽음이다. 이러한 주제는 다음 작품인 「방관자」「타인들」「가면무도회」 등에서 변형 반복 심화되어 나타난다. 어느 여류명사의 자살사건에서 힌트를 얻어 쓴 것으로 알려진 「방관자」만 하더라도 남성위주의 사회에서 여성의 좌절과 고독을 그린 작품이다. 즉 아내에 대한 진솔한 사랑보다는 돈과 권력만을 추구하는 이중적 남편에 절망하고 집을 떠나는 여성의 이야기가 바로 이 작품인 것이다.

현대 여성연극의 대모

남편을 가정파괴자로 보는 그는 어느 면에서는 극단적이기까지 하다. 「타인들」에서도 보면 남편은 바람둥이고 「가면무도회」에서도 예외가 아니다. 사실 그가 일관되게 그려내고 있는 것은 불행한 여자의 삶이고 그것을 넘어서려는 것이라고 말할 수 있다. 그런데 여자의 행복은 순전히 남자의 진솔한 사랑에 의해서만 가능하다고 보았다. 이러한 그의 작품 주제는 「항변」을 시발로 해서 끊임없이 반복된다. 그러나 여자가 행복하기에는 현실이 너무 불합리하다. 왜냐하면 우리의 남정네들이란 거의가 화목한 가정보다는 권력이나 돈, 그리고 명예를 쫓고 외부에서 일어나는 새로운 일들에 더 관심을 기울이려 하기 때문이다. 그의 작품들 속에서 부부간의 갈등이 첨예화되는 이유도 바로 거기에 있는 것이다. 「항변」은 그런 모델이 될 만한 작품이다.

그렇기 때문에 그가 행복한 부부와 가정을 찾는 「땅위에 서다」라는 작품을 썼는지 모른다. 이 작품에서 그녀는 가정의 행복이 돈이나 명예 권력 같은 것과 무관하고 오직 부부간의 인간적 신뢰에 바탕하고 있음을 묘사하고 있다. 그가 가장 슬퍼하는 것은 애정 없는 부부간의 동물적 결합이며 동시에 생물학적 공존이다. 그녀는 항상 남편들의 위선을 거부하고 증오한다.

현대 여성연극의 대모

그녀가 처음부터 부부문제와 따사로운 가정을 동경하는 듯한 작품을 계속 쓰게 된 것은 아무래도 법원에서 가사조정 위원으로 오랫동안 파탄 난 부부들의 문제를 목도한 것이 바탕하고 있다고 하겠다. 앞에서도 언급한 바 있는 것처럼 그녀는 독립운동을 한 부친을 어렸을 때 여의고 여기저기 이주해서 어렵게 살았으며, 특히 모친의 불행한 결혼생활을 곁에서 지켜봐야 했기 때문에 무의식적으로 남자에 대하여 매우 부정적 이미지를 갖고 있는 듯이 보인다. 이러한 그의 인생 배경이 불행한 여자의 삶을 그려내는 바탕이 된 것으로 보인다. 그런데 그녀는 「가면무도회」에서 볼 수 있는 바와 같이 여성도 이제 박제되어 규방 속에서 눈물만을 흘릴 수 없다는 것이다. 과감하게 인습을 깨트리고 나가야 한다는 것을 은연중에 드러내기 시작한 것이다.

이러한 이미지로 인해서 그는 때때로 보수적으로 비치기도 한다. 그의 순정적인 면도 마찬가지다. 그가 순정적이라는 것은 한 여인의 비련을 민족분단과 연결시킨 「여수」에 잘 나타나 있다. 자선병원을 경영하다가 간첩죄로 재판정에 선 월남한 여의사인 정애리는 순전히 한 남자에 대한 사랑 때문에 남북을 오가다가 비극적 여인이 된 경우이다. 즉 전쟁터에서 만난 남자와의 사랑이 그녀로 하여금 남북을 방황케 했고 결국 남파간첩까지 되기에 이른다. 그런 그녀가 간첩활

현대 여성연극의 대모

동 보다는 자선병원을 하다가 체포되었다는 것은 그녀가 이데올로기는 관심 밖이었고 오직 여자로서의 사랑과 행복만이 전부였다.

이처럼 그녀를 비극의 주인공으로 만든 것은 순전히 남자의 배신과 이데올로기, 조국분단이었던 것이다. 이와 같이 남자의 배반으로 순정의 여신이 짓밟히는 과정은 최초의 장막극 「여인」에서 더욱 선명하게 묘사된다.

즉, 낙도 여교사가 유복한 집안 출신의 의과대학생을 사랑했지만 그 학생은 여교사에게 임신까지 시키고 부잣집 딸과 결혼한다. 배신당한 여교사는 아이를 낳아 고아원에 보내고 방황하다가 낙도로 돌아와 전쟁고아를 돌보는 것으로 생애를 보낸다. 그러니까 그 여교사는 세속적 삶과 사랑에 실패하고 오직 자선사업으로 자신을 초극, 구원받게 되는 것이다. 이러한 여성의 남성에 대한 실망과 삶의 패배는 때때로 도전으로 바뀌기도 한다. 여성이 사회의 희생물로서만 머물 수 없다는 것이다.

「타인들」에서도 보면 제목이 암시하듯이 부부는 궁극적으로 함께 사는 타인에 지나지 않는다는 관점에서 접근하고 있다. 이 작품에서 보면 놀아나는 남편에 대한 보복으로 아내

현대 여성연극의 대모

역시 남편의 젊은 비서와 놀아난다는 내용이다. 이처럼 그녀는 때때로 전통적인 여인상을 거부하는 방향으로 나아가기도 한다. 이제 한국 여성도 규방 속에 유폐된 존재일 수만은 없고 자기의 삶을 개척해 나가야 한다는 것이다.

「세상은 온통 요지경 속」이라는 작품에서 보이는 바처럼 여성도 이제는 남성의 기만을 혁파하고 남성에 대한 아름다운 기대와 환상도 깰 때가 되었다는 것이다. 그가 특히 바람을 피우는 남편이나 정치인들을 건달로 혐오하고 매도하는 것도 그러한 남성 혐오증과 통하는 것이라 볼 수 있다. 그는 아직도 남아있는 전통적인 남권우위사상이라든가 가부장적

인 의식은 사라져야 한다고 믿고 있다. 적어도 그 점에서는
매우 진보적으로 비치기도 한다. 그러나 그가 가정을 소중
하게 여기고 더 나아가 인생의 낙원으로까지 여기는 점에서
는 보수적인 것도 사실이다.

이러한 그의 양면성은 결국 현대화된 부부와 가정이라는
변증법적 합명제를 낳게 된다. 앞에서도 조금 언급한 바 있
듯이 그는 작가이기 이전에 한 여자로서 그의 조모와 모친 2
대가 식민지 압제와 해방 직후 소련군정 밑에서 겪었던 쓰디
쓴 아픔을 내면 깊숙이 지니고 있다. 그는 그것을 진솔하게
희곡화해 냈다. 그것이 다름 아닌 자전적 작품이라 할 「그

현대 여성연극의 대모

찬란한 유산」인 것이다.

　피와 눈물로 쓴 이 작품에는 조모와 모친 등이 모델로 등장한다. 가령 식민지 시대를 정면으로 거부했기 때문에 2대가 참담하게 몰락하고 3대까지 그 고통의 유산을 물려받아야 했던 몰락가문과 동족 탄압에 앞잡이 노릇을 하고서도 해방 이후 아무런 속죄 없이 잘 사는 가문과의 갈등에서 왜곡된 현대사를 되돌아보게 하는 것이 바로 이 작품이다. 그런데 여기서 주목되는 것은 결국 일제 앞잡이의 2세로 하여금 참회를 하지 않을 수 없게 만들고 동시에 피해 가문으로 하여금 관용을 베풀게 한 점이라 하겠다.

이처럼 그가 만년에 와서는 젊은 날의 아픔과 한을 스스로 치유하기 위한 노력을 하려는 듯하다. 그도 이제 인생의 황혼기에 접어들었음을 실감하는 것이 아닌가 싶다. 적대자를 용서하고 역사의 앙금을 씻어내며 스스로 정화해 가는 도정에 서 있는 것이다. 이제는 사회를 분노의 눈으로 바라보기보다는 이해의 눈으로 관조하려 한다. 그러니까 사회와 남성에 대한 저항과 분노를 이해와 용서로서 풀어간다는 이야기이다. 이는 물론 박현숙 개인의 인간적 원숙성을 보여주는 것이지만 다른 한편으로는 긍정적 세계관으로 바뀌어 감도 드러내주는 것이 된다.

현대 여성연극의 대모

그는 최근에도 몇 편의 희곡을 썼다. 그 중에서도 특히 주목되는 작품이 「조국의 어머니」이다. 그가 작의에서도 밝힌 바 있듯이 해방에서부터 4·19학생혁명 때까지 15년 동안 혼란과 분단, 동족상잔과 가난 등 고통의 세월을 드넓은 가슴으로 감싸 안은 한 어머니의 이야기인 것이다. 즉 그는 이 작품과 관련하여 '사상과 이념 때문에 희생양이 되어버린 두 아들, 성폭행으로 죽음을 각오한 딸, 그러나 어머니의 슬기로움 때문에 희망을 다시 찾는 일 등 상처들을 사랑으로 감싸 안은 어머니의 삶을 담아본 것' 이라 쓰고 있다.

식민지 시대부터 민족해방, 분단, 동족상잔 그리고 최근의

도덕 불감증 사회를 거치면서 숫한 아픔과 곤비로 인한 응어리진 어머니상을 동정어린 눈으로 감싸 안은 작품이 바로 「조국의 어머니」인 것이다. 사실 그가 묘사한 불행한 어머니상은 그 자신일 수도 있고 그의 어머니일 수도 있으며 격동의 시대를 겪어 온 이 땅의 모든 모상(母像)이기도 한 것이다. 그는 언제나 행복한 가정을 우선시 한다. 그가 일관되게 주창해 온 사회는 건강하고 행복한 가정으로부터 출발한다는 명제가 「여자의 성」이라는 작품에 다시 투영되는데 이 작품에서는 권선징악적 입장에서 접근하고 있는 것이 특징이다. 그러니까 행복한 가정과 진실한 아내의 사랑보다는 물욕과 욕정만을 쫓는 남편을 파멸시킴으로써 남성들에게 경

현대 여성연극의 대모

종을 울려주는 방향으로 작품의 결말을 가져갔다는 이야기
이다.

사실 가정과 어머니는 상관관계에 있다. 왜냐하면 가정의
중심축은 뭐니 뭐니 해도 아내이고 어머니이기 때문이다.
따라서 그는 남녀의 순정적인 사랑으로부터 시작하여 부부
문제, 가정문제, 그리고 마지막으로 어머니로 결론지으려는
것이 아닌가 싶다. 그는 평생의 창작생활에서 이 범위를 크
게 벗어나지 않았다.

그렇다면 가장 최근에 탈고한 임영신의 일대기 「청사에

빛나리 그 이름」은 어떻게 보아야 할 것이냐 하는 점이다.
우선 그의 작의부터 들어보면 다음과 같다. 즉 그는 작의에
서 "임영신 여사님의 빛나는 생애는 너무나 방대한 업적을
남기고 간 분이어서 이 한 편의 희곡으로는 다 밝힐 수가 없
다. 개화기에 태어나서 일제 36년 줄곧 항일 운동에 몸 바친
독립투사로서 해방 후에는 정계의 큰 별이셨고 특히 교육계
에도 중앙대학교 설립자이시고 여성 개화운동의 선구자였
다. 나는 내 모교의 총장이셨고 늘 '사랑하는 내 아들 딸들
아' 라고 불러주시던 그분의 다정했던 음성을 다시 한 번 상
기하면서 이 한 편의 희곡을 바치기로 한다"고 쓴 바 있다.

현대 여성연극의 대모

작의에 나타난 것만 보면 극히 사적인 입장에서 은사에 대한 보은처럼 보인다. 그러나 한 발짝 더 나아가서 들여다보면 그가 젊은 시절 지향했던 이상과 창작세계 같은 것이 이 작품 속에 상당히 투영되어 있음을 알 수 있다.

주지하다시피 「청사에 빛나리 그 이름」의 모델 임영신은 근대사의 대표적인 여걸로서 독립운동에서부터 시작해서 미국유학, 정치, 사회육성활동에 이르기까지 대단히 많은 업적을 남긴 선각자이기 때문에 그가 흠모하고 따랐던 것은 너무나 자연스런 것이다. 그러니까 작품의 모델 임영신은 그에게 있어서 단순한 은사를 넘어 젊은 시절 꿈꾸었던 것을 실현한 인물로 각인되었다고 말할 수 있다.

그는 이제 팔순을 맞아 일단 평생의 중요한 부분을 정리하고 있는 듯이 보인다. 남녀 간의 진정한 사랑의 의미를 캐고 부부의 문제를 행복한 가정의 차원에서 접근한 그는 일종의 이화부부를 개탄 슬퍼하곤 했다. 이 말은 곧 그가 남녀관계에 있어서 사랑의 부재를 슬퍼하면서 건강한 가정을 걱정해 왔다는 이야기가 된다. 그녀는 평생 부부간의 진정한 사랑과 가족문제에 집착해 왔는데 이는 가정이야말로 사회의 최소 단위로서 가정의 건강이 곧 사회의 건강이라 생각한데 따른 것이었다고 말할 수가 있다.

현대 여성연극의 대모

실제로 그녀는 「그의 고백」이라는 2005년도 희곡의 작의에서 "건강한 가정이 튼튼한 사회를 만들고 그래야 훌륭한 사회가 존속할 텐데."라고 쓴 바도 있다. 그녀는 연극이 어떻게든 사회개선에 이바지해야 한다고 본 것이다. 그렇다고 해서 그녀가 격렬한 이념의 문제로 끌고 간 것은 애초에 아니었으며 오로지 여자의 입장에서 전근대적 인습의 가정 형태를 혁파해보는 것이었다. 그러면서 자기를 되돌아보기도 하고 때때로 서편에 지는 황혼을 바라보듯이 인생을 담담하게 관조하기도 한다. 따라서 시간이 흐를수록 그녀는 자전적인 작품을 쓰고 있는 것이다. 마치 유진 오닐이 「밤으로의 긴 여로」를 남겼듯이 말이다.

　그 조짐은 「그 찬란한 유산」에서도 조금은 나타났다. 그 속편은 아마도 피와 눈물로 쓰는 자기 고백적 작품이 나오지 않을까 싶다. 그의 최근작 「회로」 일명 '파도야 말해다오' 도 이채로워 보이지만 이 작품 역시 유년시절에 잠시 살았던 황해도의 어느 어촌이야기라는 점에서 자전적이라고 말할 수가 있다.

　그녀가 이 작품에서 보여주는 풍경이라 할 비린내가 나는 바닷바람, 파도소리, 멀리 보이는 깜박이는 등대, 만선을 구가하는 농악소리 등…. 인생의 어쩔 수 없는 긴 회로의 숙명적인 고리를 외딴 섬에 포커스를 맞추고 있는 것이다.

현대 여성연극의 대모

한편 피를 말리며 뼈를 깎는 아들 그리움, 고향을 지척에 둔 백령도 앞바다에서 향수와 처절한 기다림으로 연명하는 슬픈 인간상은 곧 자신이라고 말할 수가 있다.

이처럼 그가 연륜을 더해가면서 아팠던 과거가 되살아나는 것 같다. 왜냐하면 그가 현실 문제보다는 지난 시절의 흔적을 자꾸만 찾아 헤매는 듯이 보이기 때문이다. 가령 최근에 발표한 「태양은 다시 뜨리」 (전2막)만 하더라도 과거 이야기인 것이다. 즉 1944년, 그러니까 일제 말엽에서부터 해방(1945년 8월 15일) 때까지의 기록이다. 제1막은 동경으로 되어있고 제2막은 해주로 되어있는데, 이 작품은 한 여주인공(박 간호원)을 통해 본 해방 전후사라고 말할 수가 있다.

물론 작품의 주인공은 동경여자전문학생(오애실)과 릿교대학 영문과 학생(김철호)이다. 그러나 이들 두 사람이 모두 파멸한 상태이기 때문에 이끌고 가는 인물은 의사(공민수)와 간호원(박 간호원)이라 볼 수가 있는 것이다.

식민지인 암담한 현실 속에서 지식청년들의 몰락과정을 매우 리얼하게 묘사한 이 작품은 윤동주와 이광수를 대비시킴으로써 지식인의 현실대처의 앙면성도 부각한 것이다. 그녀는 작의와 관련하여 '작품소재를 찾던 중 어느 날 일간지에 실린 어떤 신여성의 기사에 관심이 집중되었다. 1920년에서 1930년 사이에 일본 동경여자전문학교까지 마치고 시,

현대 여성연극의 대모

소설, 연극 기자생활도 한 개화기 신여성의 사건이었다. 일제 식민지 통치하에서 사생아까지 낳고 가부장제도의 억압과 멸시의 거센 세파를 헤치며 몸부림치다 사면초가의 질곡에서 그만 미친 채 일본 아오야마 뇌병원에서 생을 마감한다는 개화여성의 생애를 써보기로 결심했다' 고 쓴 바 있다. 이 말은 곧 그가 실화에서 소재를 얻었음을 실토한 것이고 그 과정에서 자연스럽게 윤동주와 그 대비되는 인물인 이광수를 끌어들였다고 볼 수가 있겠다.

그러니까 이 작품에서 여주인공(오애실)과 남주인공(김천호)은 거의 실제적 인물의 한 표상이라 말할 수가 있는 것이

다. 따라서 이 작품에서는 세 층의 지식인상이 그려지고 있
다. 윤동주와 같은 철저한 민족주의자와 이광수와 같은 변
절자, 그리고 소극적 저항자 등이다. 그런데 이 작품에서는
식민지 시대의 억압에 대처하는 지식인상과 함께 신여성들
의 생존방식과 사랑의 행태를 복선으로 깔고 있는 점에서 주
목을 끌만하다. 그러니까 우리의 근대사 속에서 여성들은
두 가지의 장벽에 부딪혀서 신음한 것이다. 가령 그 한 가지
가 전통인습이라고 한다면 다른 한 가지는 일제의 핍박이라
하겠다. 이 두 가지 불운이 연약한 신여성을 한꺼번에 덮침
으로써 여성이 파멸해 갈 수 밖에 없는 절박함을 묘사한 작
품이 바로 「태양은 다시 뜨리」라는 이야기이다.

현대 여성연극의 대모

이 작품의 여주인공은 동경유학 중 유부남을 사랑하여 임신 중이었는데 고향의 집과 부모가 모두 불타버림으로써 그 충격으로 정신이상이 되었고, 그녀의 연인은 폭격으로 두 눈을 잃음으로써 절망 속에 해방을 맞는다. 두 남녀는 같은 고향 병원에 있으면서도 만나지 못했고 여주인공은 해산하다가 죽게 된다. 이런 비극은 그녀의 작품에서 찾아보기 힘든 경우이다. 그러나 이 작품에서도 그녀의 긍정적인 세계관은 그대로 나타나고 있다. 그것이 다름 아닌 신생아의 탄생이다. 여주인공(오애실)은 비록 죽지만 그녀가 낳은 건강한 남아가 있기에 조국은 해방과 함께 힘차게 뻗어나갈 수 있었지 않은가.

바로 그 점에서 이 작품은 상징성이 강하다고 말할 수 있다. 즉 죽는 여주인공이 인습과 억압의 질곡을 상징한다면 신생남아는 희망으로 가득 찬 해방된 조국을 상징한다고 볼 수가 있다. 낡은 식민통치는 가고 희망찬 조국이 새로 탄생한다는 메시지야말로 그녀가 「태양은 다시 뜨리」에서 드러내 보여주려 한 것이라 말할 수가 있다. 특히 제2막에서 양원달의 대사 중에 "어쩌겠어? 가는 사람 오는 사랑 세상만사 무상한 것 아니오."에서 관조적인 그의 인생관도 언뜻언뜻 나타나고 있다.

그러니까 노년기에 접어든 그가 고통으로 가득 찼던 오욕

현대 여성연극의 대모

의 역사를 담담하게 관조하고 있다는 이야기이다. 그 결정
판이 다름 아닌 「그의 고백」(1막 5장)이라는 2005년도 작품
이다. 그러니까 이 작품은 그녀가 하고 싶은 이야기, 즉 굴곡
진 한국현대사를 한 가정에 압축해서 정리한 작품이라는 이
야기다. 우선 그녀가 쓴 작의부터 여기에 소개할 필요가 있
을 것 같다.

그녀는 이 희곡의 작의에서 "일제 36년간 비운의 나라에
태어나서 80평생 조용한 날 없이 늘 소용돌이치는 국운을 따
라 슬픈 사연들을 겪어야 했던 부모의 세대를 바라보며 살았
다. 광복 후 38선을 숨어서 넘나들며 가족끼리의 얼룩진 고

통의 한(恨)을 애타게 그리워하면서도 만날 수 없었던 지나간 세월, 사랑하는 사람들이 목 메이게 그리워하며 살아야 했던 지나간 시간들. 요사이 젊은이들이 외국 이민가는 수가 많아졌다는 뉴스와 이혼율이 세계 2~3위라는 소식은 안타까운 사연들이다. 그리고 혹자는 외국은행에 많은 돈을 숨겨놓았다는 정보도 우리를 슬프게 하고 있다. … (중략) … 이제 언제 떠나갈지 모르는 팔순을 맞으며 지나간 암담한 세월 속에 한을 묻고 미래를 재조명해보고자 쓴 희곡이다. 나는 이 희곡의 주인공처럼 자식 없이 고통 받는 노인들을 위해 자선사업 단체에 희사해 주었으며 하는 바람으로 이 작품을 엮어냈다."고 스스로 밝힘으로써 자신의 일대기라는 사실을

현대 여성연극의 대모

확인시킨 것이다. 실제로 이 희곡은 작의에서 밝힌 바처럼 박세민이라는 한일건축화사의 가정에 포커스를 맞춰서 식민지시대의 질곡과 분단 전쟁, 이산가족문제, 4·19 학생혁명, 부부간의 애정문제, 남편의 이중적 생활, 그리고 호주로 이민간 아들 내외와 그 자녀들까지 다루고 있다. 1막 5장의 작품에 포괄하기에는 너무나 긴 시간과 많은 문제를 한 가족문제로 압축한 것이 특징이다.

그러니까 주제는 그가 작의에서 밝힌 그대로이고 다만 여기서 주목되는 부분은 고통과 절망 속에서도 희망을 찾아내려는 그녀의 끈질긴 갈망과 휴머니즘이라고 말할 수가 있지 않을까 싶다. 가령 과거를 어쩔 수 없이 숨겨왔던 남편이 진심으로 참회하는 것부터 시작하여 아내의 따사로운 포용, 그리고 이민 가서 살고 있는 아들가족의 귀국과 시나리오 작가인 노처녀 딸이 국제영화제에서 상을 탐과 동시에 결혼에까지 이르며 갑자기 죽은 남편이 유산 5억 원을 무의탁노인들을 위한 자선사업에 기부하는 등의 끝맺음으로 가져간 것에서 그녀의 어두웠던 과거 역사 정리와 뜨거운 휴머니즘이 드러난다.

　　이상과 같이 해방 직후 대학극의 히로인으로 각광받고, 흔치 않은 여성 극작가로 여성문제와 가정문제를 정치 사회적

박현숙論

현대 여성연극의 대모

차원에서 천착하고 또 곤비(困憊)의 역사를 여성적인 애연 (哀然)함으로 감싸 안음으로써 현대 희곡사의 한 축을 든든 하게 해온 설중매 박현숙, 그런 그녀가 단순히 극작가로서만 머물지 않고 한국여성계 지도자로서의 역할도 적잖게 했다.

가령 그가 1965년 잠시 정계에 몸을 담고 있을 때는 한국 부인회 대표로서 전(全)일본부인연맹의 초청으로 도일하여 일본 여성들을 향해서 뼈있는 발언을 한 적도 있고, 1988년 도에는 제1회 세계 국제여성극작가 대회에 한국대표로 나서 서「한국 여성극작가의 현황과 작품세계」를 발표하여 호평 을 받은 바도 있다.

그런 그가 화려 장엄했던 과거를 뒤로 하고 마무리 인생을 용서하고 스스로 참회하면서 미래에 희망을 걸고 있다는 메시지 전달에 힘을 쏟고 있다. 그가 최근에 쓴 시 몇 편 속에는 말년을 정리하는 노 작가의 모습이 눈물겹도록 아름답게 나타나 있는 것이다. 즉 「비구니 승」이라는 시에 보면 '맑고 푸른 산상에 오르면/ 속세를 떠나 산에서 살고 싶었습니다./ 아름다운 꽃과 산새들의 노래를 들으며/ 여생을 그렇게 보내고 싶었습니다./ 가난도 싫었고 자리다툼의 싸움도/ 미워서 그냥 모두 다 싫어져서/ 그렇게 살고 싶었습니다.' 라고 읊음으로써 그녀의 순수하면서도 초월적인 꿈이 서려있는 것이다.

현대 여성연극의 대모

이는 그만큼 그녀가 역겨웠던 지난 삶에 환멸을 느끼고 있음을 비구니의 깨끗한 삶의 동경을 우회적으로 표출한 것으로 볼 수가 있는 것이다. 그런 그가 죽음을 명상하면서 자신을 평생 지탱시켜준 주님에 더욱 의탁하는 것은 극히 자연스런 행로 일 듯싶다.

즉 그녀는 「죽음」이란 시에서 '어느 날 나는 갑자기 의식을 잃었었다./ 역시 병명은 지병인 고혈압과 당뇨가 원인/ 속세를 떠났던 그 시간은/ 그저 조용한 잠자리였었다./ 깨어난 곳은 B병원 응급실/ 내가 던진 첫 마디는/ "여기가 어데야, 내가 왜 여기와 있어"/ 내 옆에 침통한 얼굴로 앉아있던/

막내아들이 나를 꼭 끌어안았다./ 나는 아무 고통 없이 그냥 깊은 잠에서/ 깨어난 상태였다./ 그 후론 버리는 작업을 시작했다./ 내 책장에 소중하게 보관됐던 책은 개인 도서실에 기증하고/ 가구 몇 개 옷 구두 등/ 아까워 못 쓰던 유리컵까지도/ 아낌없이 가까운 사람들에게 보내졌다./ 지금은 죽음이 언제 찾아올지라도/ 하나도 두렵지 않다./ 그저 담담히 기다려질 뿐이다.' 라고 썼으며 「텅 빈 방에」라는 시에서는 '하루 종일 텅 빈 방에/ 혼자입니다./ 그런데 외롭지 않은 까닭은/ 당신과 같이 있기 때문입니다.' 라고 씀으로써 주님에 의탁하고 있음을 간증하고 있는 것이다.

현대 여성연극의 대모

이처럼 그녀는 말년의 고독과 아픔을 종교에 깊이 침잠하
는 것으로 달래고 있다. 한 인간으로서 뿐만 아니라 연극인
으로서도 아름답게 정리하고 있는 것이다.(*)

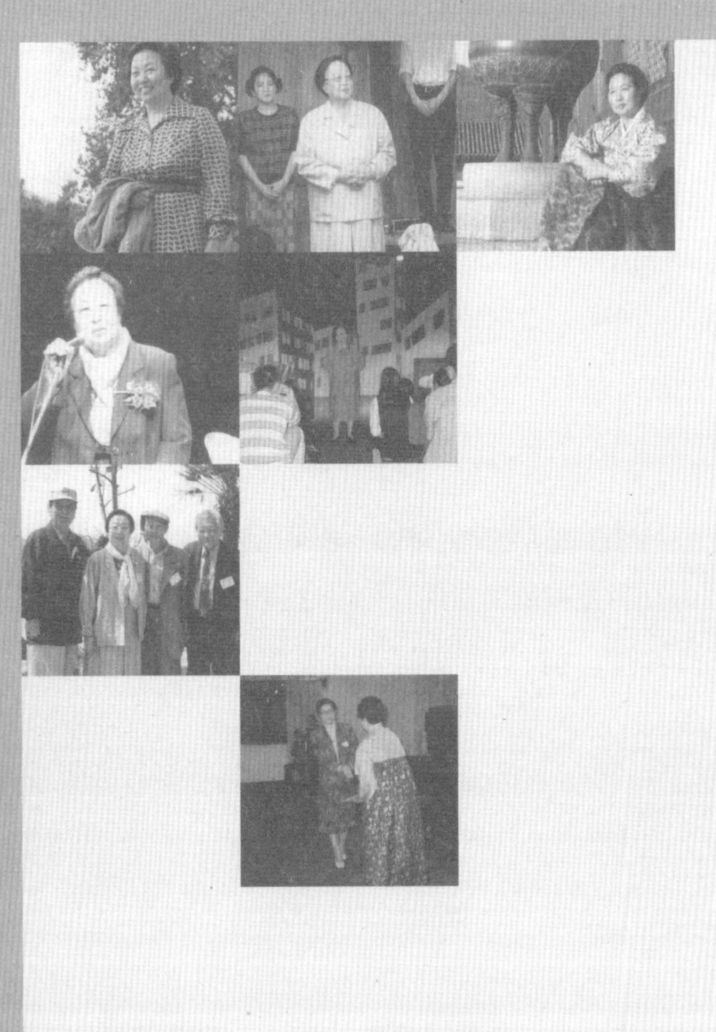

박현숙 연극제 — 무천극예술학회
(2002년 대구연극제)

7편 희곡의 作意

화보 사진

주요 희곡 공연 일지

作意 1

생명의 전화를 받습니다

드라마트루기

극단 여명 < 생 명 의 전 화 를 받 습 니 다 > 모 노 드 라 마

- 전화박스 속의 마처족

요즘 세간에 유행하는 말 가운데 '마처족'이 있다. 이 말은 마지막으로 부모에게 효도하는 세대이며, 처음으로 자식에게 버림받는 세대를 일컫는 풍자어인데, 현대 가정에서 일어나고 있는 가치관의 혼란과 그로 인하여 갈등하는 세대를 적절하게 표현하고 있다. 박현숙의 <생명의 전화를 받습니다>를 대하면 이 속의 주인공이 제기하는 문제 또한 마처족의 처지와 다를 바 없다고 여겨진다.

이 작품은 작가가 수십 년 간 가정법원 가사조정위원으로 일하면서 겪은 다양한 가정 문제를 삽화식으로 전개시켜 나가는 모노드라마이다. 모노드라마는 여러 명이 등장하는 작품과는 달리 연출가의 연출력보다는 배우의 연기력이 작품의 성패에 큰 영향을 준다. 이 작품 또한 예외 없이 배우의 연기력이 매우 중요한 작품이다. 특히, 지금까지의 페미니즘적 모노드라마들이 보여주었던 하소연적이고, 말초신경을 자극하는 식의 사건 전개가 아니라, 병렬식 구조를 취함으로써 배우로 하여금 연기 포인트 확보에 어려움을 더하고 있다.

이 작품의 등장 인물 박진숙은 모두 네 통의 전화를 받는다. 고향 선배, 아들, 딸, 동창생들로부터 걸려오는 생명의 전화는 인생의 황혼기에서 제기되는 문제, 남편과 아내의 불평등 문제, 아내로서의 남편에 대한 헌신 문제, 노부부 사이의 문제 등 가정에서 흔히 겪는 일상적인 내용들이다. 그런데 이러한 내용은 현대인들은 전의 일상적인 문제로 흘려보내지 않고, 문제를 제기하고 해결을 보고야 말겠다는 태도를 취하는데, 바로 여기에 문제의 핵심이 자리 잡고 있다. 따라서, 이 작품을 무대에 올릴 경우 남성과 여성의 이분법적인 분할로 다룰 것인가, 아니면 다 같은 어울림의 공간으로 다룰 것인가에 먼저 고민을 해야 한다. 다시 말해, 작품의 초점을 어디에다 맞출 것인가를 결정해야 한다.

단정적으로 제시한다면, 이 작품은 지금까지 제기해온 가정 문제의 확대보다는 그러한 문제의 해결 방안을 제시하고 있다고 보여진다. 가정에서 일어나는 다양한 문제의 중심에 인생의 황혼기, 그야말로 산전수전을 다 겪은 한 여인, 그것도 가정법원 가사조정위원으로 근무하는 갈등의 해결사가 있다. 이 여인을 통해서 작가는 문제를 제기하고, 싸우고, 헤어지고, 그것으로 적대시해 버린 지금까지의 가정 문제를 양보와 인내로써 화합의 장을 만들어가자고 은유식으로 제시한다. 그러므로, 요즘과 같은 극단적인 이기주의와 배타주의가 만연하는 혼돈의 사회에서 남을 배려할 줄 알고, 양보할 줄 아는 전통적 미덕의 회복을 이 작품을 통해서 드러내었으면 하는 바람이다. 한 가지 더 욕심을 낸다면 이러한 큰 줄기에다 마처족으로 갈등을 느끼는 박진숙의 모습도 형상화하였으면 하는 바람이다. 박진숙이 받는 '생명의 전화'는 다른 사람에 대한 생명 부여의 의미도 강하지만, 자신이 그것으로 인하여 새 생명을 부여받고 있기 때문이다. 이 두 가지 주제를 연결하는 문제는 연출가의 연출력에 달렸지만, 고려해 보기 바란다.

그리고 이 작품을 무대에 올릴 경우 좀더 세심한 배려가 필요한 부분이 배우의 분장이다. 가정법원 가사조정위원으로 근무할 만큼의 지적인 분위기도 풍겨야 하는 반면, 모든 것을 포용할 수 있는 이미지 창출이 작품의 성공 여부를 결정할 것이다. 또한 이 작품은 일반적인 사건 전개식으로 되어 있지 않기 때문에 자칫 잘못하면 관객들에게 지루함을 제공해버릴 수가 있다. 그 부분을 배우 자신의 내면의 연기를 통하여 극복해야만 한다. 모든 모노드라마 그러하듯이 이 작품 또한 상당히 세밀한 연기가 필요하다. 그리고 대본 중간 중간에 불필요하고 시대에 맞지 않는 내용 또한 정리가 필요하다. 특히, 남녀 관계의 내용은 현 상황에 맞추어서 좀 더 희망적인 내용으로 고쳤으면 한다. 그리고 밋밋한 극의 내용에 활력을 불어넣기 위해서 이면적 등장 인물을 스크린 기법으로 제시하는 방법도 고려해 보기 바란다. 이 기법을 통하여 그들이 갈등하는 모습을 행동으로 제시하면서 박진숙의 포용력 있는 연기가 무대에 펼쳐질 때 한껏 생동하는 무대가 창출될 수 있을 것이다.

이 홍 우
(계명대학교강사)

연출자의 변

김 종 대
(극단여명대표)

관객 여러분에게 먼저 감사하다는 말을 전하고 싶다. 유난히 우리들을 씨끔스럽게 만드는 게 많은 요즘, 그래도 잊지 않고 지금 이 순간 우리 지역의 공연을 보기 위해 찾아와 딱딱하고 좁은 객석을 마다않는 관객들이 사랑스럽다.

여러가지 악조건에 밀리고 밀려 황폐해져버린 무대를 지키면서도 너그럽고 따뜻한 이들의 시선에, 이렇게라도 숨을 쉬며 산다.

별다른 욕심없이 만들었다. 화려한 뮤지컬도 아니고, 화려한 스타들이 출연하는 대형공연이 아님은 물론이다. 필요 이상으로 목에 힘줄을 돋우는 일이나 마음에 와닿지도 어울리지도 않는 현란한 몸짓이나 소리도 없고, 헛된 허영심을 보는듯한 거북함도 없는 그저 작은 소품이다. 살아가는 힘겨움에 지치고, 더위에 지치고, 뜻대로 되지 않는 세상살이에 지친 사람들이 잠시 들러서, 처음 만나는 사람이라도 서로 편안한 시간이 된 뒤, 공연장을 떠날 수 있길 바랄뿐이다.

공연장에서는 내내 진지해야 한다는 에티켓(?)은 부디 잊어버리시고.....

변변없는 대우를 받으면서도 불평하지 않고 화려한 조명빛은 골라서 피해가며 늘 어두운 뒷편에서 열심히 일해준 스탭들과 무조건적으로 믿고 연습해준 배우에게 고마움을 전한다.

이제 더 힘든 과정인 공연이 남아있다.

자, 숨을 가다듬자!!!

CAST

출연-성광숙

STAFF

무대-최정주

소품-신동원

음향-안미정

조명-조양식

진행-김부호

　　30년이란 긴 세월 서울 가정법원 가사조정을 맡아 수천 쌍의 이별과 만남의 사건 처리에서 얻어진 경험을 토대로 범아들 딸들에게 충고하고 싶었던 이야기를 엮어 보았습니다. 1인극인 모노드라마 형태로 어쩌면 주인공인 박진숙은 나일 수도 있고 당신일수도 있다는 생각에서 가장 가까운 3人과의 전화 대화로 엮어본 인생 상담의 희곡입니다.(*)

作意 2

女子의 城

극 단 창 작 마 울 < 여 자 의 성 >

- 참다운 부부의 사랑

수진 : 제발 부탁이야.
　　　지옥이라도 좋다.
　　　가정이란 아내들의 아성이야.
　　　그 아성이 부서지면 질서가 깨지고 가정이 조각나면 사회가 어지러워지는 거야.
　　　난 꼭둑이 아니기 때문에 더 고통스러운 거야.

희곡 '여자의 성'(박현숙 작)은 작가의 다른 희곡에서도 여러 형태로 다루는 부분인 가족의 중요성을 테마로 하고 있다. 뭐히 인간의 행복은 건강하고 행복한 가정에서 출발한다는 보편적 주제를 작품화했다.

전체적으로 아내 수진을 통해 진실한 아내의 사랑보다는 과거 연인이었던 다미를 통해 물욕과 육정만을 좇던 남편이 결국 파멸의 허상 속에 빠져버리고 만다는 권선징악적 입장에서 접근하고 있다.

전체가 7장으로 나뉘어 있지만 결말을 그린 7장을 제외하고 나머지는 전·후장으로 구별되어야 할 것이다. 다만 제 4장 이후 친수와 어머니와의 대화는 어머니의 착잡만장했던 과거가 용뭐지고 그 대화 속에서도 진실한 사랑만이 진실한 사랑을 받을 수 있다는 점을 일깨워준다. 부부의 문제를 행복한 가정의 차원에서 접근한 인생의 관조를 느낄 수 있는 무대로 접근되어야 한다.

너무도 사실적인 인물과 주제를 갖추고 있기에 무대는 더욱 상징적이며 따뜻함을 느낄 수 없으면 안된다.

인물의 성격의 충돌성 또한 줄거리의 전개를 가로막을 수 있기에 리얼리티를 강조해야 한다. 아직 인생을 어느 위치에서 느끼고 있는 사람이 젊은 세대에게 따뜻하게 충고해주는 감정으로 담담하게 그려야 할 것이다. 그러나 전·후반부의 인물간의 감동, 즉 남편과 두 여자 그리고 아들과 어머니의 이야기가 하나이면서 둘로 보이게 구성하는 것도 주적 재미를 한층 배가시킬 수 있지 않을까.

부부의 삶에 기로놓인 진정한 사랑과 현실적 욕망 때로는 위선이라는 이름으로 줄게 되는 물욕적 삶을 한편에서 담고 있다. 부부로써 혹은 연인과의 미묘한 심리적 감동을 너무 섬세하게 그리고 있기에 사랑의 부재를 무대 속에 어떤 모습으로 형상화시킬 수 있을런지가 부재에 담긴 진정한 사랑으로 무대가 가득찰 수 있을 것이다.

이 강 열
(극작가·한국여성연극협회 명예회장)

인류는 고통이다. 그것도 알 수 없는 고통, 누구나 시작할 수 있어도 아무나 이룰 수 있는, 혼자의 아름보다 타인의 아름을 먼저 감수해야 하는, 어찌 보면 타인을 위한 산제에 자신이 얻어낸 것이라곤 욕심외 행복이라는 무게외 시간일 뿐이다. 더구나 운명처럼 지독스런 경력을 요구하는 바탕에 강신가처럼 저역할 수 없는 삶을 지녀야 한다.

이번에도 또 하나의 지상명령이 떨어진다. 박현숙 인식에 눈물이 몸이 쑤른 고통이다 어찌 원로선배작가의 큰 감정의 귀향을 담아야 하나.

또 하나의 고통이 시작된다.

이처럼 연극이란 고뇌의 길에 놓여서면서 긴장조차 무상해져 남는다. 그 순간 어떤 느낌을 필요할 때 비로소 연극할 수 있는 자격을 부여받으며, 그 순간부터 위문어 볼 수는 있어도 되놀릴 수 없는 세월을 묻고 싶 거창에 없다. 나는 습관처럼 작가가 먼저 출발한 길을을 쫓기위해 안간힘을 쏟는다. 그 첫단추를 잘못 꿰면 모든은 바삐 가승된다. 지칫하면 또 하나의 예술이 아니라 또 하나의 과오가 될 수도 있다. 세상은 강수록 기싱과 허상으로 재배혀지고 있다. 심스러운 무대에서조차 낙켜 기술적이거나 마술적인 묘사에 복습을 둔다. 이제 예술하는 이 몸이 색다른 인물들에 귀를 기울이라. 연극인의 장치보다 인생의 무게와 색깔의 진량을 그대로 보여주고자 한다.

김 대 현
(극단창작마울대표)

CAST

수진·조시내　　전수·오흥준　　어머니·박찬일　　기숙·박소연　　선숙·황차숙　　다미·정희언

지금 우리는 미묘하고 복잡한 인간관계 속에서 살고 있다. 社會가 너무나 문란하고 性道德이 파괴로 치닫고 있는 時代에 「女子의 城」을 통해 특히 그 속에서 女子들이 제각기 다른 입장의 여성으로서 그들은 과연 무엇을 생각하며 어떤 삶을 외치고 있는가를 말하고 싶었다. 30여 년간 가정법원 조정위원으로 나가며 이혼의 아픔을 안고 온 부부들을 대할 때마다 같이 아픔을 느꼈던 사연들 특히 20년 전만해도 이혼 신청인이 1년에 과반수가 남성이었던 추세가 지금은 여성 쪽이 더 많아졌다는 사실, 남성들의 독단적인 횡포와 학대 속에서 눈물로 일생을 희생하기 싫다는 것이 그들의 사연들이다. 30세에서 40세 부부의 권태기, 그로 인해 피해 받아야 하는 아이들 때문에 문제아가 많아진다는 것 등은 뒷전으로 미루는 세대, 사랑이란 명패를 붙잡고 아무렇게나 행동해도 된다는 행동들이 곧 파괴를 가져오기 때문에 과연 女子들의 城 속에서 여자들의 고통의 외침과 기도의 목소리를 담아 그리고 싶어 쓴 작품이다.(＊)

作意 3

태양은 다시 뜨리

극단 온 누 리 < 태 양 은 다 시 뜨 리 > 2000년 국제 pen 문학상 수상작

-- 식민지 젊은이들의 비극적 삶

원로 여류 극작가 박현숙의 <태양은 다시 뜨리>(1998년)는 일제 식민지 현실의 한 가운데에서 쓰러져 간 젊은이들의 비극적 삶을 그리고 있다. 2막으로 이루어진 이 작품의 대강 줄거리는 이렇다.

때는 1944년부터 해방까지이며, 1막은 동경에서 그리고 2막은 황해도 해주를 중심으로 펼쳐지고 있다. 남녀주인공 오세영과 오애실, 세영의 친구인 공민수와 김철호 등은 동경 유학생으로 비밀리에 반일 활동을 전개하고 있다. 애실과 철호는 과거 연인이었지만 본국에 버려둔 문 철호의 실제 사정을 알게 된 후 헤어진다. 애실은 철호의 아이를 지운 전력이 있고, 사랑운동의 상징적 인물도 부각되고 있는 시인 운동가를 내심 사모하고 있다. 철호는 애실에게 계속 접근하며 구애를 한다. 세영과 공민수는 일본을 떠나기 전 옥에 갇힌 운동가를 만나려고 남쪽으로 떠나다가, 철호의 일고도 일본바닐 경향에 제보되고 만다. 세 사람이 끌려가는 가운데 애실이 쓰러지면서, 1막이 끝난다. 2막은 해방 작전의 황해도 해주를 부대로 하고 있으며, 뇌혈신증(腦血管症)과 실어증에 걸린 애실, 강개징용에 동원되었다 폭발사고로 시력을 잃고 정신병에 걸린 철호, 의사가 된 공민수와 병선식구들의 이야기가 전개되고 있다. 게다가 애실은 철호의 아이를 뒤작지는 아기를 입산하고 있다. 이 작품은 일왕(日王)의 항복선언과 아기의 탄생, 그로 인한 애실의 죽음과 더불어 대단원을 맺고 있다. 이들 극중 인물들은 모두는 일제의 강합 뿐만 아니라, 반(反) 봉건적인 사회 현실 때문에 고통받고 있다. 특히 시보 사랑하면서도 봉건적·가부장적 인습으로 인해 자신들의 감정을 접어야 하는 애실과 철호의 모습 속에서, 우리는 현실의 높은 벽을 절감하게 된다.

주지하다시피 이 작품은 일제 하의 억압적 현실을 그런 시대극(時代劇)의 면모뿐만 아니라 애실과 철호, 그리고 공민수와 신간호원 상의 애정관계를 다룬 멜로 드라마적 측면을 드러내고 있다. 특히 후자는 딱딱하기 쉬운 역사적 소재에 양념 역할을 하고 있다. 이런 식의 구성은 여러 작품들을 통해 흔히 볼 수 있는 것이거니와, 이 두 측면의 결합이 적절하게 이루어질 경우 작품의 재미는 무게가 더할 수 있다. 하지만 이 작품의 경우, 시대극과 멜로 드라마의 행복한 접합은 제대로 이루어진 것같지 않다. 그 원인은 등장인물의 애정관계가 부속적이고 다루어지고 있다는 데 있다. 즉 우리 시대의 관객들은 그런 식의 사랑에 식상해 있으며, 그런 식의 애정묘사는 진부하게 비쳐지기 때문이다. 또한 이 작품은 기존의 연극 전통에 너무 충실한 나머지, 극적 긴장감이나 갈등만이 다소 약하게 나타나고 있다. 일례라는 격동의 시기를 배경으로 하면서도, 당대의 가장 첨예한 시대의 문제들을 드러내지 못하는 것은 역사적 교훈과 재미를 모두를 고려한 작가의 욕심이 작용한 것으로 여겨진다.

이 작품을 무대화할 경우 어느 정도 구성상의 수정이 불가피하다. 우선 단선적으로 전개되는 극의 사건을 좀 더 세련되게 할 필요가 있다. 가령 1막과 2막의 시·공간을 계속 교차시키는 몽타쥬(Montage)식 구성으로 전환한다면, 지루함을 극복할 수 있을 뿐만 아니라 세로운 형식의 재미를 거들 수도 있을 것이다. 물론 그렇다고 해서 작품 자체가 안고 있는 고질적인 문제점이 사라지진 않는다. 즉 교훈과 재미를 위한 극적 장치에 대한 면밀한 숙고가 이루어지지 않을 경우 관객은 또 한편의 통속극을 보는 데 만족해야 할 것이다.

김 장 원
(무대예술학회회장)
나 막 기
(영남 대학 사 과정)

공습경보소리, 비행기 폭격소리
조명탄 번쩍이는 불빛 사이로,
이수선하게 좋아다니는 사람들.
그 사이로 유행소리와 함께 웃음소리

「자, 찍습니다. 움직이지 마세요. 하나, 둘, 셋」
애실, 세영, 민수, 철호의 모습이 스냅사진처럼 드러난다.

공습경보소리, 비행기 폭격소리

어느 사진 속에 남겨있는 사람들의 삶의 모습은 어떠했을까?
역사의 큰 물너바퀴에 물쳐 말라붙지버 갇아야 했던 그들.

빛바랜 사진 한 장 속에 담겨 있는 그들의 젊음
인생과 역사의 흐름 속에 던져 버리기엔 너무 안타깝지 않은가?

이 국 표
(극단온누리대표)

CAST

오애실·구진아   오세영·김형미   김철호·박희열   신간호원·김은미   양흔달·홍창지   박간호원·최은주   공민수·이명천   홍간호촌·이지운

STAFF

무대감독·신숙희   소품·이희준   율림·이미은   의상·김미애   조명·이등수   조연출·이명천   조연출·미술

작품 소재를 찾던 중 어느 날 일간지에 실린 어떤 신여성의 기사에 관심이 집중됐다. 1920년에서 1903년 사이에 일본 동경여자전문학교까지 마치고 시 소설 연극 기자생활도 한 개화기 신여성의 사건이었다. 비참하게 짧은 생애를 살다간 사건이었다. 일제 신민지 통치에서 사생아까지 낳고 가부장 제도의 억압과 멸시의 거센 세파를 헤치며 몸부림치다 사면초가의 질곡에서 그만 미친 채 일본 아오야마(靑山) 뇌 병원에서 생을 마감했다는 개화여성의 생애를 써 보기로 결심했다.

그래서 서점으로 달려갔으나 신통한 자료를 못 찾았다. 생각 끝에 시대를 단축시켜 1944년에서 1945년으로 연대를 내려잡고 구상을 시작했다. 그때 그 당시 태평양 전쟁 막바지의 유학생이었던 몇 분 선배님께 자문을 받았다. 그래서 순교자이신 저항 시인 윤동주 선생의 생애가 부각되었고, 1944년 귀향길에서 체포되어 모진 고문으로 1945년 2월 16일 8·15해방 6개월 전 28세의 젊은 나이로 후쿠오카 형무소에서 옥사됐음에도 다시 확인할 수가 있었다. 그분의 시 2편도 삽입했다. 전집 『하늘과 바람과 별과 시』에서 선정했다.

아무튼 이 기회에 성인(聖人) 윤동주 선생의 고귀한 사상을 추적할 수 있었던 기회는 나로선 큰 수확이 아닐 수 없다.(＊)

— 1988년 예술원보 수록

박현숙 희곡 공연 연보

사랑을 찾아서(女囚) 제작극회, 연출 오사량, 원각사, 1961
땅 위에 서다 청포도극회, 명동예술극장(시공관), 1962
나는 방관자가 아니다(방관자) 서울대 연극부 2회 공연, 1965
여인(너를 어떻게 하랴) 제작극회 14회 공연, 명동예술극장(시공관),
　　　　　　　　　　　1970
빛은 멀어도(대한민국 제1회 연극제 참가 작품) 극단 성좌, 연출 권오일,
　　　　　　　　　　　　　　세실극장, 1977

방관자 극단 두레박, 관악구민회관, 1980
여자의 城 청주 신세대 주부극단 창단 공연, 전국 주부연극제, 1999
박현숙 연극제 및 희곡연구 무천극예술연구회, 2001
　　조국의 어머니(조국문학상 수상) 극단 대경사람들, 대구
　　가면무도회 극단 시민, 광주
　　생명의 전화를 받습니다(모노드라마) 극단 여명, 대구
　　여자의 성 극단 창작마을, 서울
　　태양은 다시 뜨리(국제 PEN문학상 수상) 극단 온누리, 대구
　　땅 위에 서다 극단 힘멜, 대구

作意 4

祖國의 어머니

드라마트루기

극단 대경사람들 <조국의 어머니> 조국문학상 수상작, 문예진흥원 선정 우수작

- 가족의 아픔을 포용하며 살아온 보편적 어머니

<조국의 어머니>는, 작품의 제목이 시사하듯이, 우리 시대의 갖가지 아픔을 가슴에 한으로 품고 살아온 우리 어머니들의 보편적 삶을 형상화하고 있다. 6·25를 전후한 정치적 전환기에 가족들이 겪는 갖가지 아픔을 한없는 넓이로 포용하면서 살아온 어머니 '오산월'의 모습은 이 시대를 살아가는 우리 어머니들의 삶과 그리 먼 거리에 있지 않다.

정치판을 맴돌며 가정조차 돌보지 않는 남편 대신에 집안 살림을 힘겹게 꾸리가야 하는 어머니, 큰아들이 죽은 줄도 모르고 언젠가는 돌아올 것이라는 막연한 기대감으로 평생을 살아가는 어머니, 자신이 다니던 학원의 원장에게 성폭행 당한 채 말도 못하고 살아가는 딸의 힘거운 고뇌를 아무렇지도 않은 듯 감싸주는 어머니, 3·15 부정선거에 항거하는 시위 도중 중상을 입은 둘째아들을 꿋꿋이 지켜보는 정의로운 어머니. 오산월이 이처럼 힘겨운 상황에서도 가정을 지켜낼 수 있었던 것은 바로 '어머니'의 보이지 않는 인내와 희생과 사랑의 힘이었다.

이 작품은 드러내지 않으면서 한없이 희생하고 사랑하는 어머니의 힘을 주제의식으로 깔고 있음에 틀림없다. 그러나 그런 주제가 초점화되지 못하고 뚜렷하게 형상화되지 않았다. 마치 보이지 않는 어머니의 희생과 사랑을 상징하듯이, 주제의 이러한 불투명성은 어머니 '오산월'의 인생역정보다는 6·25를 전후한 정치적 혼란기를 살아가는 가족 구성원들의 삶을 다루는 데에 무대를 과도하게 할애한 데 기인하고 있다. 큰아들 '박세영'은 자기 집에 세 들어 사는 여대생 '민숙희'를 사랑하게 되고, 민숙희를 사이에 두고 친구 '김병태'와 삼각관계에 놓이게 된 결과 북한군이 서울을 점령했을 때 공산당이 된 '김병태'에게 끌려가게 되었다. 그리고 딸 '박경애'도 '공하수'의 사사로운 욕정의 희생물이 되고 만다. 정의와 합리성이 통하지 않는 격동기를 겪어오는 가운데, 어머니 '오산월'은 이러한 시대를 다음 세대에는 물려주지 않아야 한다며, 둘째아들 '박세완'의 부정선거 반대 시위를 지지한다. 이 작품은 가정의 질서를 회복하고 정의로운 사회에 대한 희망을 지향한다. 둘째아들이 시위 도중 중상을 입고 응급실에 실려가고 민숙희가 찾아와 큰아들이 죽었다는 소식을 접하면서 비극적인 결말을 가져올 듯하지만, 이러한 상황이 전환국면을 가져옴으로써 희망적인 상황을 암시하는 것으로 막을 내린다. 매일 술 냄새만 풍기며 돌아오던 아버지 '박현우'가 부정선거에 항거하는 시위에 참가하고, 비록 불구로 살아갈지언정 둘째아들이 의식을 찾게 되며, 민숙희가 큰아들의 유복자를 데리고 오기 때문이다. 작품 속에서 여러 개의 사건들은 하나의 주제를 향하여 유기적으로 짜여져 있지 못하고, 작품 배경과도 긴밀한 유대관계를 구축하고 있지 못하다. 따라서, 이 작품을 무대화하는 데 가장 중요한 관건은 어머니의 역할 창조이다. 가족 구성원 각자의 삶을 사랑으로 보듬으면서 자신을 희생시켜 나가는 그야말로 '조국의 어머니'로 새롭게 형상화시켜야 할 것이다. 또한, 인물들의 성격을 드러낼 수 있는 생생한 대사 만들기도 이루어져야 한다. 김병태가 실수로 박세완을 죽이고 자기도 죽게 되는 장면에서는 행위에 대한 필연적 동기도 부여해야 하고, 학원장 공하수의 욕정에 정조를 유린당한 딸의 고뇌도 그려 넣어야 한다. 그리고, 큰아들의 생사가 확인되지 않는 상태에서 시위 대열로 뛰어드는 둘째아들을 바라보는 어머니의 심리적 갈등도 생생하게 살려야 한다. 대본 수정이 이와 같이 이루어진다면 이 작품의 사건들은 유기적으로 짜여져서 비로소 하나의 주제로 응축되어 되살아날 것이다. 마지막 부분에서 '박요셉'이라는 아역을 등장시키되, 대사를 부여할 것인가의 문제도 고민해 볼 필요가 있다.

이 세 주
(청주대학교수)
권 순 종
(구미1대학교수)

연출자의 변

조국과 이념을 위해 자신의 목숨을 초개같이 던졌던 젊은이들이 이 땅에 있었고, 한편 그들보다 더 고귀한 피와 눈물을 남모르게 닦아내던 우리의 어머니들이 계셨다. 한두 페이지의 교과서 속으로 사라지신 그분들이 이 땅의 엽기, 왕따, 교육이민 등으로 얼룩져 가는 웃지 못할 현상들을 보시면 무어라 하실까. 요즈음 왠지 그 고귀한 분들을 유별스럽게 기리고 싶은 것이, 우리의 마지막 양심이 아니기를 기원해 본다.

도덕과 진실과 법이 무너져 가는 지금이야말로 경건한 자기의 성찰을 해야하는 시간이 아닌까 생각한다. 이 한 편의 사실주의 희곡 "조국의 어머니"는 우리에게 성찰의 시간과 공간을 제공해주고 있다. 사실과 미사실 그리고 실험성을 시도하는 것은 연출로서 당연한 일들이다.

그러나 관객의 흥미를 상승시키기 위한 불가피한 실험이라는 사실을 펼쳐버리기 힘든 부분들은 그저 씁쓸하기만 하다. 그러나 차분히 대본을 읽고, 배우들의 연기를 보면서 차츰 정서의 정화를 느꼈다. 이러한 감정이 작품의 우수성으로서 관객에게도 잘 이입되어 준다면 좋겠다는 바램으로 작가선생님의 큰 의도가 일그러짐 없이 전달되었으면 한다.

아울러 우리 모두가 혹시 쉬고 싶은 것이 아닐까 라는 생각도 해본다. 부단한 경쟁에서, 문화의 고도 성장에서, 초고속의 커뮤니케이션에서 해방되고 싶은 것은 아닌가요. 바로 이 30년, 50년 전으로라도 우리의 사고가 돌아가 보기를 나와 배우들은 갈망하며 열심히 이 작품을 만들고 있다.

장 전 호
(대경대학 연극영화과 교수)

CAST

박현우-김민수 오산월-김수정 김철호-홍성호 나레이터1-문성현 나레이터2-류숙희 나레이터3-권세영 민숙희-김혜진 박세영-이창환 박세완-임현식 박경애-황소영

공하수1-권기영 공하수2-김성욱 박태양-김광진 배형욱-이승호 인민국·순경-김석현

STAFF

기획-김선미 무대디자인-송용일 (대경대학교수) 무대진치-김현우 무대감독-주승환 분장-장원인 (대경대학교수)

사진-김진일 (대경대학교수) 소품-류숙희 영상제작-김우종 (대경대학교수) 음향-김진우 의상-권혜영 제작-김상일 (대경대학교수) 조명-김경진 조명-이성혁 조연출-김상철

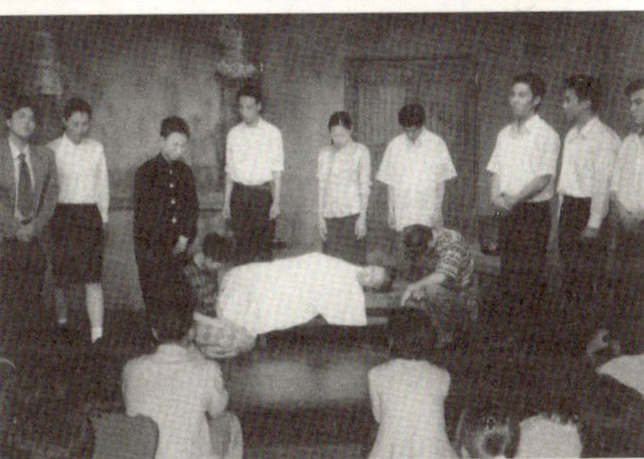

일제(日帝) 36년간 파란만장한 세월 속에 피해자인 박찬
우의 아내는 삼남일녀(三男一女)를 기르며 그 가정이 해방
된 1945년에서 1960년 4월 19일 전후까지 피맺힌 고통과 얼
룩진 한 속에서도 어머니의 슬기로운 지혜와 역경을 딛고 헤
쳐 나가야 했던 한 가정의 어머니, 아들들이 不義와 항거하
다 희생양이 되었고, 딸은 성(性)폭행으로 자포자기 죽음을
택하려 했으나 어머니의 슬기로운 충고와 사랑으로 새로운
삶을 심어주며 살려낸 어머니. 언제나 어머니는 정의(正義)
는 이긴다는 신념으로 자식들을 키워가는 굳건한 어머니….
그런 어머니를 상기하며 쓴 작품이다.(＊)

가면무도회

극단 시민 <가면무도회>

- 페미니스틱 휴머니즘

<가면무도회>의 내용은 단순하지만 당시의 사회적 유행에 민감했던 대다수의 젊은 부부들에게 큰 관심사로 되었던 사건이었다. 예나 지금이나 부부간의 부정행위로 인한 이혼 문제는 매우 심각한 사항이기 때문이며, 모두의 관심사이었기 때문이다. 갈수록 이혼율이 높아지고 원조교제나 스와핑이 유행된 현금에서도 마찬가지다. 작가는 벌써 20여 년 전에 이 작품을 통해서 그런 사회적 문제를 경고한 것이다. 남편은 출장을 핑계로 삼거나 통행금지를 핑계 삼아 20대의 젊은 애인과 자주 놀아나고, 아내는 남편의 부정을 짐작하면서도 모른 체하고, 무료한 일상에 짜증을 내면서 젊은 미남과의 현실도피를 꿈꾸는 유한마담이다. 마침내 남편과 아내는 각기 자기들의 친구에게 권유를 받고 가면무도회에 참석하게 된다. 결국 이 부부는 프리섹스를 목적으로 마련된 밤꿈의 현장에서 만나게 되었는데, 공교롭게도 파트너가 된다. 무도회가 끝나고 섹스 현장에서 가면을 벗겨보니 부부였다는 것이다.

이러한 상황 설정을 해놓고 쓰여진 작품의 대단원에서 작가는 가정의 평화와 행복을 추구하도록 결론을 내린다. 그것은 용서와 화해였다. 부부는 상대방의 장점을 극대화하여 더욱 굳건한 사랑이 맺어질 것을 당부하는 것이다. 매우 휴머니즘적인 결론이다. 그것이 바로 박현숙의 창작 의도이고 정신이다. 구성 면에서도 희극적 반전을 시도하여 일반적 관념을 깨뜨렸다. 이것도 작가의 희극적 구성원리를 활용하여 극적 재미를 창출해냈기 때문이다. 그러므로 박현숙은 단순하고 통속적인 소재라 하더라도 드라마투르기가 튼튼하기 때문에 통속성을 탈피하고 있는 것이다.

1950년대 중반에 이르러 변천하는 사회의 풍속도를 여러 측면에서 사실주의 수법으로 그려낸 임희재, 하유상, 차범석, 김희창, 오상원, 이용찬 등에 이어서 1960년대 초부터 박현숙은 특이하게 여류작가로서 페미니즘적 차원에서 여성의 문제를 다루었던 것이다.

박현숙의 등장은 결과적으로 1970년대 이후, 남녀 평등이나 여성권익에 관한 문제의식의 변화에 영향을 주면서 여성중심의 문화운동 확산에 기폭제가 되었으며, 박현숙 자신은 스스로 여성주의 위상을 확보하는 책임감과 사명 의식을 인식하면서 극작에 임했던 것이다.

그래서 박현숙은 그의 작품에서 여성의 삶, 사랑, 모성, 가정, 평화라는 오브제를 설정하여 반여성적 사회현실을 파헤치고, 짓밟히고 억압받는 여성이나, 고통 속에서 가정을 지키려는 여성이나, 사회 한 복판을 당당히 헤쳐가는 여성상을 따뜻한 시선으로 그린 페미니스트인 것이다.

한 옥 근
(조선대교수)

연출자의 변

연극은 우리의 삶을 연극적 방식으로 변화시켜 보여주는 예술이다. 우리의 글과 모습이 무대라는 특수한 공간과 시간 속에 극적 행동이라는 특별한 형태로 재현되거나 제시된다. 연극에서 보여지는 삶의 모습은 특별한 질서에 의해 극도로 농축된 형태로 나타난다.

이러한 연극이 무대예술로 형상화되기까지는 많은 예술가들의 협력이 필요하다. 무대장치, 조명, 의상 등 여러 디자이너와 극작가, 배우, 연출가 등 각각의 독립예술가들이 헌신적인 심포지움아래 제3의 예술형태를 창조해 낸다. 그러므로 연극을 종합예술이라 하는데, 그것은 단순히 여러 예술이 합쳐졌다는 뜻이 아니라 거기에는 조화의 개념이 담겨있는 것이다. 연극은 모든 독립적인 요소들이 각각 제 역할을 다하면서 동시에 자기를 희생하여 조화를 이루는 생동하는 예술로 탄생되는 것이다.

1976년도에 창작되어진 박현숙 작가 님의 작품 [가면무도회]는 시대적 배경과 언어구사 때문에 현실적으로 승화시키기에 어려움이 있었다. 무대를 세절면으로 하여 무대장치를 간략하게 상징화시켰다. 그리고 멜로드라마 한 편을 감상하면서 요즈음 바람기 많은 남녀들에게 자신들을 돌이켜 볼 수 있는 계기를 만들어 보고자 했다.

정 철
동신대학교 예술학부
연극영화TV전공 · 교수

CAST

아내·조정자   남편·노희설   복마담·김경옥   사내A·오설균   사내B·김진준   경아·정경아   애인·박소연

STAFF

무대감독·이기인   예술감독·박윤모   음향·정은희   의상·고유정   조명·신성일   조연출·김진준

1970년대에 춤바람이 우리 사회를 어지럽게 휩쓸며 가정 파탄이 줄지어 일어났었다. 그때 나는 가정법원 가사 조정 위원으로 있을 때여서 그곳에서 일어났던 여러 사건 중 하나를 테마로 쓴 희곡이 「가면무도회」이다. 어느 날 남편의 이혼 소송 제기로 한 아내가 끌려 왔다. 내용을 알아본 즉, 매일 밤 춤바람으로 남편의 외박이 잦아졌고 그로 인해 학대가 심했다는 아내의 진술이었다. 참지 못한 아내는 춤 교습소를 찾아갔고 그곳에서 젊은 속칭 '제비족'을 만나 어느 날 여관방까지 갔다가 오히려 남편의 수사망 덫에 걸려 그만 간통죄로 재판정에 나온 것이었다. 그녀는 나를 붙잡고 어린 자식 남매를 두고 이혼 할 수 없으니 제발 이혼만은 못하게 막아 달라는 애절한 호소를 했다. 나는 그녀의 남편에게 이런 말로 몇 차례 타일러 보았다.

"원인 제공은 당신이 먼저 했으니 용서해 주시오."라고. 그때 우리팀 조정위원들은 합심해서 연장전을 시도했고 그러나 어느 날 남편의 이혼 취하로 그들의 재결합의 재가를 올렸다.

나는 이 사건을 다루며 부부 관계의 애정 결핍에서 일어나는 미움과 복수심 등이 궁극적으로 자기 자신을 깊은 함정에 빠트리게 되는 무서운 결과를 가져올 수도 있다는 경고를 주고 싶어 쓴 내용이 희곡「가면무도회」이다.(＊)

박현숙 희곡연구

'한국희곡문학연구' 제6집인 이 책은 2001년 무천극예술학회가 주최한 〈박현숙 연극제 및 희곡연구〉를 통해 발간된 책이다. 대구한의대 김일영 교수의 작가론, 영남대 윤일수 교수의 무대공간 활용의 특성, 울산대 김선주 교수의 가족 이데올로기의 보수성, 최저은 영남대 교수의 가족 구성원 간의 갈등 양상, 구미1대학 권순종 교수의 비판 의식과 보수적 여성관의 거리, 경주대 여세주 교수의 희곡 쓰기의 새로운 도전과 정착 — 그 무대화의 방향, 동국대 이상진 교수의 작가의 여성관과 결말처리 방식, 최창길 영남대 교수의 공동 사회와 이익 사회의 갈등과 화해가 실렸다. 국학자료원에서 2004년에 발간됐다.

땅위에 서다

극 단 힘 멜 < 땅 위 에 서 다 >

- 그대 진정 땅위에 서 있는가?

단막극인 [땅위에 서다]는 1962년 조선일보 신춘문예 당선작으로 서로에게 무관심하던 맞벌이 부부가 사랑을 확인하고 삶의 의욕을 되찾는다는 내용이다. 남편 이동근은 성계를 위해 화장품 회사의 보안사로 일하는 화가이고, 아내 윤금희는 미용사이다. 이때 미용사는 물질 문화를, 화가는 정신 문화를 상징한다. 그러나 정신문화를 상징하는 등은 마지 물질 문화의 상업적 광고모안류 그릴 수밖에 없다는 점에서 1960년대 시대 상황을 보여하고 있다. 1960년대에서 2000년대라는 엄청난 시간의 간극에도 불구하고, 자신의 꿈 대신 현실을 좇을 수밖에 없는 현 시대상을 그대로 시사하고 있다는 점에서 이 작품의 의미를 부여할 수 있다.

일상에 쫓겨 자신들의 꿈을 상실하며 살아가던 이들 부부에게 어느 토요일은 특별한 의미를 지닌다. 데이트를 신청하는 남편에게 보너스의 액수만 묻는 아내, 생활에 얽매여 남편을 뿌리칠 수밖에 없었던 아내. 그들은 그 날 밤 자신들의 삶에 대한 진지한 고민에 빠진다. 아내는 남편을 위해 미장원을 사직할 결심을, 남편은 아내를 이해할 결심을 한다. 그들은 물질문명 속에서 진정한 가치를 잃어 가는 자신들의 모습을 확인하고 물질보다는 사랑이라는 정신적인 가치의 중요성을 깨닫게 되는 것이다. 하지만 이 부분에서 '이들 부부의 진정한 화해를 하기 위해서 아내가 직장을 그만두어야 했을까' 하는 문제는 여전히 의문으로 남는다. 이도나는 오히려 아내의 내조로 남편이 그림을 그리는 것이 이들 부부의 미래를 위해서 더 나은 선택일 수도 있기 때문이다.

이러한 결말 처리는 작가가 60년대 맞벌이 부부의 고민이라는 주제를 뛰는 등의 열린 사고 방식 속에서도 가부장적인 사고 방식에서 벗어나지 못한다는 한계를 드러내는 것이다. 이를 위해 작품의 결말을 아내의 사표가 아니라, 남편의 사표로 바뀌는 것도 재미있을 듯하다.

땅위에 서지 않는 사람은 없다. 그러나 진정으로 땅위에 서 있는 이는 몇 명이나 될까? 때문에 이 작품에서 땅 위에 선다는 것은 생장한 의미를 지닌다. 땅 위에 선다는 것은 하늘이나 지하에서 생활하는 새나 부머지의 삶이 아닌 사람답게 살아가는 것을 의미한다. 고층빌딩(5층)과 백화점(지하)이라는 설정은 부부의 갈등이 절예하게 대립되어 있음을 의미한다.

이 극의 성패 여부는 무대 장치에 있다고 할 수 있다. 기본적인 무대 장치에 비중을 주는 대신에, 이미 작가의 언급이 있었듯이 미용실과 화장에서의 행위들은 특별한 소도구 없이 손짓과 몸짓으로 표현해도 무방할 것 같다.

김 현 우
(무공나예술학파학원)

연출자의 변

오늘날 거의 대부분 사람들은 직장을 다닌다. 직장을 다니는 남자, 여자가 서로 만나 결혼을 한다. 결혼 후에도 각자 직장을 계속 다닌다. 직업을 통해 삶의 보람을 성취하기 위해서가 아니다. 돈을 많이 벌어 풍요하고 안정된 생활을 하기 위해서이다. 그들은 경제적 풍요로움이 가정의, 혹은 나의 풍요롭고 안정된 삶을 보장해 준다고 믿는다. 어리석게도, 그들은 풍요롭고 안정된 삶이 '마음의 풍요로움'에서 오는 것이라는 흔해 진리를 결코 깨닫지 못한다. 불행하게도, 그들은 자신들 통장에 붙은 돈이 모이는 것이 행고도 성공한 인생이라고 믿어 의심치 않는다. 그들은 분명히 서로 사랑한다. 누군가 그랬다. '사랑은 서로 바라보는 것이 아니라, 같이 앉아 한 곳을 바라보는 것'이라고. 그들도 어깨를 나란히 하고 앉아 한 곳을 바라본다. 자신들 통장에 찍혀지는 돈의 금액을. 그들은 분명히 서로 돈을 사랑한다. 그들은 한 가정의 남편도 아내도 아니다. 아버지도 어머니도 아니다. 그게 남보다 조금 더 믿을 수 있는 경제적 동지일 뿐이다. 희곡 전개상 부분에서 이루어지는 부부간의 화해가 다분히 작위적이다. 그래서 이번 공연에서는 희곡에 없는 말을 등장시켜 그들의 화해를 자연스럽게 유도하려고 한다. 그들의 보다 나은 삶을 기원하면서……

성 현 일
(파 원 연 출)

CAST

윤금희·박진선   이동근·박정배   딸·윤지은   김마담·배은희   미스유·박지영

의상·이수정   조명·방명미   조연출·정미조

STAFF

무대감독·남영수   무대·강범훈   분장·강혜진   소품·강인숙   소품·오신애   음악·김유진   음악·최문형

　이 희곡은 1962년 조선일보 신춘문예에 당선작으로 맞벌이 부부가 서로에게 무관심하게 살아가다 뒤늦게 사랑을 재확인하고자 노력해보는 단막극이다.

　1963년 서울 청포도 극회가 명동 시공관에서 일차 공연을 한 단막이다.(*)

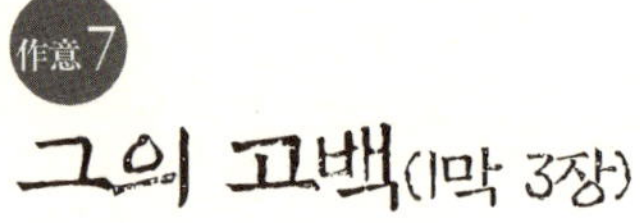

그의 고백(1막 3장)

일제 36년간 비운의 나라에 태어나 80평생 조용한 날 없이 늘 소용돌이치는 비운의 국운을 따라, 슬픈 사연들을 겪어야 했던 부모 세대를 바라보며 살았다.

광복 후 38선을 숨어서 넘나들며 가족끼리의 얼룩진 고통의 한(恨)을 애타게 그리워하면서도, 만날 수 없었던 지나간 세월, 사랑하는 사람들이 목 메이게 그리워하며 살아야 했던, 지나간 시간들….

요사이 젊은이들이 외국 이민 가는 수가 많아졌다는 뉴스와 이혼율이 세계 2~3위라는 소식은 안타까운 사연들이다.

그리고 혹자는 외국은행에 많은 돈을 숨겨 놓았다는 정보도 우리를 슬프게 하고 있다. 건강한 가정이 튼튼한 사회를 만들고 그래야 훌륭한 국가가 존속할 텐데 하는 생각과 이제 언제 떠나갈지 모르는 팔순을 맞으며 지나간 암담한 세월 속에 한을 묻고 미래를 재조명하고자 쓴 희곡이다.

그리고 나는 이 희곡의 주인공처럼 자식 없이 고통 받는 노인들을 위해 자선사업단체에 희사해 주었으면 하는 바람으로 이 작품을 엮어냈다.(*)

— 2005년 월간문학 6월호 발표

인터뷰와 신문기사

The actor times〈제38호〉 2008.1.15
경향신문 2006.9.25

한국 여성연극인 최초
세계 여류극작가 대회 참석

한국여성연극인협의회가 주최한 제2회 한국여성연극인상 시상식(2007년 12월 12일 수요일, 별오름 극장)에서 박현숙 희곡작가가 희곡부문 올빛상을 수상했다.

박현숙 작가는 한국여성연극인으로는 최초로 미국 뉴욕에서 열린 제1회 여류극작가 대회 (1988년 10월 18일~23일 버펄로大)에 한국 대표로 참가했던 원로 연극인이다. 중앙대학교 재학시절 김진수 作 「코스모스」에 주연으로 출연하여 연극을 시작한 박현숙 작가는 낮에는 공부하는 학생으로 밤에는 KBS 성우 2기로 활동했다.

　　제1회 전국대학연극대회(1948)에 참가하여 「비오는 산골」로 개인 연기상을 수상하였으며 1949년 한국 初演의 셰익스피어 作 「햄릿」에서 오필리어 역으로 출연했다. 1950년부터 52년까지 문예지 기자, 잡지사 기자 생활을 하였고 차범석, 조동화, 이두현, 김경옥, 노희엽, 최창봉, 오사랑 씨 등과 '신극 운동'의 일환으로 〈제작극회〉를 창단(1956)하였고 회장(1963~1971)으로도 활동했다. 1960년에는 조선일보 신춘문

〈 미니 인터뷰 〉

원로 희곡작가 박 현 숙

한국여성연극인협의회가 주최한 제2회 한국여성연극인상 시상식(2007년 12월 12일 수요일, 별오름 극장)에서 박현숙 희곡작가가 회곡부문 올빛상을 수상했다. 박현숙 작가는 한국여성연극인으로는 최초로 미국 뉴욕에서 열린 제1회 여류극작가 대회(1988년 10월 18일~23일 버펄로大)에 한국 대표로 참가했던 원로 연극인이다. 중앙대학교 재학시절 김진수 作 〈코스모스〉에 주연으로 출연하여 연극을 시작한 박현숙 작가는 낮에는 공부하는 학생으로 밤에는 KBS 성우 2기로 활동했다.

제1회 전국대학연극대회(1948)에 참가하여 〈비오는 산골〉로 개인 연기상을 수상하였으며 1949년 한국 初演의 셰익스피어 作 〈햄릿〉에서 오필리어 역으로 출연했다. 1950년부터 52년까지 문예지 기자, 잡지사 기자 생활을 하였고 차범석, 조동화, 이두현, 김경옥, 노희엽, 최창봉, 오사랑 씨 등과 '신극 운동'의 일환으로 『제작 극회』를 창단(1956년) 하였고 회장(1963~1971)으로도 활동했다. 1960년에는 조선일보 신춘문예에 회곡 〈항변〉이 입선, 본격적인 회곡 창작에 전념하여 1961년 〈사람을 찾아서〉로 가작 입선, 1962년 〈땅 위에 서다〉로 3회 연속 신춘문예에 당선되는 기록을 세웠다. 현재 대한민국 예술원 회원.

배우로 연극을 시작하여 성우, 기자로 활동하고 많은 회곡을 써서 여성 회곡작가로서 선구자적인 활동을 한 박현숙 작가의 삶은 그 자체가 한편의 연극이다.

수상을 진심으로 축하합니다.

고맙습니다. 가난한 연극인들의 모임에서 이런 행사를 준비하는데 어려움이 많을 텐데 나 같이 나이 많은 사람이 상을 받는 것이 좀 쑥스럽더라고요.

도움을 준 것도 없는데 말이죠. 좋은 후배들도 많은데…… . 처음에는 고사했지요. 여러 번 연락을 해오고 꼭 받으셔야한다고 해서 몸이 불편한데도 성의를 생각해서 이렇게 나왔어요. 나와 보니 연극계 동료들. 후배들을 만나 정담도 나누고 싶 좋네요.

우리나라 최초로 여성 회곡작가 대표로 세계적인 모임에 참석하고 오셨지요. 그때 발제하신 내용이 참 감동적이었어요. 덕분에 많은 나라 사람들이 우리나라에 대해 알 수 있는 좋은 기회가 되었다고 생각합니다.

내가 1988년 가을에 제 1회 세계국제대회 여성극작가대회에 참가하고 돌아와서 우리나라에서도 다른 나라처럼 연극하는 여성들의 모임이 있어야 되겠다는 생각을 하게 되었어요. 뜻을 같이한 강유정, 김성희, 배성희. 양혜숙 씨 등이 모여 한국여성연극인협의회를 결성하였지요.

기자로 활동할 당시에 어려움이 많았을 것 같아요.

어려움도 많았고 매일 밤을 싸가지고 다녔지요. 그 당시에는 주로 정치가들을 만났어요. 이북에서 넘어와서 고향을 갈는데 갈 데가 없었어요. 대학에 들어가자마자 KBS성우 시험을 봐서 합격해서 아침 9시부터 5시까지 학교에서 공부하고 저녁에는 성우 생활을 했지요. 졸업을 하고 서울문화연구소 문예지 기자로 들어갔는데 6.25가 터졌어요. 대구로 피난을 가서 대구방송국에서 성우활동을 하다가 부산까지 갔는데 전쟁에 대해서 글을 써야지 성우만 할 수는 없다고 생각해서 희망사 잡지 기자 생활을 시작했어요. 그러다 결혼을 했지요. 우여곡절이 많았어요.

후배들에게 해주고 싶은 말씀은?

연극하는 사람들은 옛날이나 지금이나 가난 속에서 벗어나지 못하더라고요.

정책적으로 배우들이 골고루 잘 살 수 있도록 해주면 좋겠어요. 연극은 쉬우니까 아무나 할 수 있다는 생각은 하지 말아야지요. 연극을 통해 사회 정화를 할 수 있다는 어떤 확고한 생각을 가지지 않으면 아예 연극에서 떠나야 해요. 연극활동이 활발하게 이루어질 수 있는 여건이 조성되어 있어야 하는데 그렇지 못한 것이 안타까운 현실이지요. 내가 배우도 하고 성우도 하고 작가가 되어 회곡도 썼지만 회곡은 연출가가 무대에서 완성시키는 것이에요. 무대에서는 연기하는 배우가 제대로 표현해 줘야 하지요. 배우의 역할이 무척 중요해요. ＊kactor2005@hanmail.net

저 서

회곡집 〈여인〉 〈가면무도회〉 〈그 찬란한 유산〉 〈여자의 배〉
수필집 〈홀로 오르는데〉 〈울기며 사는 행복〉
수상집 〈나의 독백은 끝나지 않았다〉 〈그리움은 강물처럼〉
박현숙 문학전집 〈전 7권〉

● The actor times 제38호 2008.1.15

예에 희곡 「항변」이 입선, 본격적인 희곡 창작에 전념하여 1961년 「사랑을 찾아서」로 가작 입선, 1962년 「땅 위에 서다」로 3회 연속 신춘문예에 당선되는 기록을 세웠다. 현재 대한민국 예술원 회원.

배우로 연극을 시작하여 성우, 기자로 활동하고 많은 희곡을 써서 여성 희곡작가로서 선구자적인 활동을 한 박현숙 작가의 삶은 그 자체가 한편의 연극이다.

원로 희곡작가 박현숙

수상을 진심으로 축하합니다.

고맙습니다. 가난한 연극인들의 모임에서 이런 행사를 준비하는데 어려움이 많을 텐데 나 같이 나이 많은 사람이 상을 받는 것이 좀 쑥스럽더라고요. 도움을 준 것도 없는데 말이죠. 좋은 후배들도 많은데⋯. 처음에는 고사했지요. 여러 번 연락을 해오고 꼭 받으셔야한다고 해서 몸이 불편한데도 성의를 생각해서 이렇게 나왔어요. 나와 보니 연극계 동료들, 후배들을 만나 정담도 나누고 참 좋네요.

우리나라 최초로 여성 희곡작가 대표로 세계적인 모임에 참석하고 오셨지요. 그때 발제하신 내용이 참 감동적이었어요. 덕분에 많은 나라 사람들이 우리나라에 대해 알 수 있는 좋은 기회가 되었다고 생각합니다.

내가 1988년 가을에 제1회 세계국제대회 여성극작가대회에 참가하고 돌아와서 우리나라에서도 다른 나라처럼 연극하는 여성들의 모임이 있어야 되겠다는 생각을 하게 되었어요. 뜻을 같이한 강유정, 강성희, 백성희, 양혜숙 씨 들이 모여 한국 여성연극인협의회를 결성하였지요.

기자로 활동할 당시에 어려움이 많았을 것 같아요.

어려움도 많았고 매일 밥을 싸가지고 다녔지요. 그 당시에는 주로 정치가들을 만났어요. 이북에서 넘어와서 고학을 하는데 갈 데가 없었어요. 대학에 들어가자마자 KBS성우 시험을 봐서 합격해서 아침 9시부터 5시까지 학교에서 공부하고 저녁에는 성우 생활을 했지요. 졸업을 하고 서울문화연구서 문예지 기자로 들어갔는데 6·25가 터졌어요. 대구로 피난을 가서 대구방송국에서 성우활동을 하다가 부산까지 갔는데 전쟁에 대해서 글을 써야지 성우만 할 수는 없다고 생각해서 희망사 잡지 기자 생활을 시작했어요. 그러다 결혼을 했지요. 우여곡절이 많았어요.

후배들에게 해주고 싶은 말씀은?

연극하는 사람들은 옛날이나 지금이나 가난 속에서 벗어나지 못하더라고요. 정책적으로 배우들이 골고루 잘살 수 있도록 해주면 좋겠어요. 연극은 쉬우니까 아무나 할 수 있다는 생각은 하지 말아야지요. 연극을 통해 사회 정화를 할 수 있다는 어떤 확고한 생각을 가지지 않으면 아예 연극에서 떠나야 해요. 연극 활동이 활발하게 이루어질 수 있는 여건이 조성되어 있어야 하는데 그렇지 못한 것이 안타까운 현실이지요. 내가 배우도하고 성우도 하고 작가가 되어 희곡도 썼지만 희곡은 연출가가 무대에서는 연기하는 배우가 제대로 표현해 줘야 하지요. 배우의 역할이 무척 중요해요.(*)

한국연극, 그들이 있어 행복했다

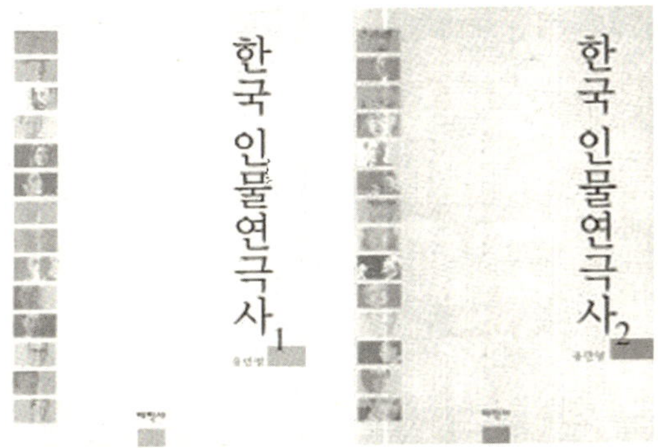

61인의 삶과 예술세계 그린 『인물연극사』 출간 (유민영 저)

'국민음악극 창시' 신재효
北으로간 배우 황철부터
정통신극 장민호까지
고통과 좌절을 한판 '놀이'로 승화시킨
쟁이들의 행적 복원
연극계의 '만인보'

'역사를 만드는 것은 결국 사람이다.'

반세기 가까운 세월 동안 한국연극사 연구에 매진해온 유민영 교수(69·단국대 석좌교수)는 '인물' 이라는 앵글로 역사를 바라본다. 유 교수가 최근 펴낸 『한국 인물연극사』 1·2는 전체 분량이 1,600여 쪽에 이르는 대작(대작)이다. 조선시대의 판소리 이론가 신재효로부터 지금도 여전히 현역으로 활약하고 있는 연출가 임영웅에 이르기까지, 61명의 삶을 꼼꼼히 기록하면서 우리 연극사를 한 폭의 커다란 벽화로 그려냈다. 그중 유 교수가 특히 중요하게 언급한 몇몇 인물들의 연극사적 의미를 짚어본다.

신재효(1812~1884)는 전북 고창 사람이었다. 음률에 정통하고 시문에 능했지만 중인계급에 속해 관직에서 능력을 발휘할 기회를 얻지 못했다. 하지만 이재에 밝았던 그는 40세 때 이미 천석꾼 지주가 되어 50가구가 넘는 세대를 거느렸다. 넉넉한 자산을 갖고 있던 신재효가 눈을 돌린 곳은 바로 판소리 광대에 대한 후원과 교육이었다.

그는 광대들을 먹이고 집을 사주는 데서 그치지 않고 구전으로 말미암아 정확하지 못했던 가사를 정비하고 세련되게 다듬었다. 또 판소리 대본을 정리하면서 관객의 상상을 불러일으키는 가시적 볼거리를 숱하게 묘사해 가사화시켰다. 덕분에 판소리는 신재효 이전과는 확연히 다른 '재미'를 얻었다. 그리하여 유 교수는 신재효에게 '조선시대의 탁월한 국민음악극 창시자' 라는 의미를 부여한다. 20세기 초입에 들어서면서 신파극이 시도된다. 하지만 그것은 '서양 근대'가 이식되는 과정과 맞물리면서 서구적 근대극으로 넘어간다. 그 과도기에 현철(본명 희운, 1989~1965)이라는 인물이 우뚝 서있다.

그는 1920년에 근대극 인재를 발굴할 요량으로 예술학원을 냈으나, 당시 주류였던 전통극과 신파극에 밀린 데다가 자금난까지 겹쳐 문을 닫았다, 이후 「개벽」의 학예부장으로 일하며 계몽적 글쓰기를 펼치다가 '조선배우학교' 의 문을 열었다. 25년 정월 첫 입학생들 중에 '복혜숙' 이라는 이름이 보인다. 철저한 서구적 근대극 신봉자였던 현철은 30년대 들어 연극계를 떠나 화장품 회사를 운영했지만, 해방 후인 46년 서울역 앞 조선통운 2층에 '조선배우학교' 의 문을 다시 연다. 이 학교는 48년 좌익학생들에 대한 경찰의 수사로 문을 닫았다. 지금도 현역으로 활약하는 원로배우 장민호가 바로 이곳 출신이다. 유 교수는 현철을 '과도적 근대극의 설계사' 라고 칭한다.

우리 연극사에서 전문연출가 1호는 홍해성(1893~1957)이다. 소위 연출법이라는 것을 처음 도입해 연극 무대에 활용했고, 30년대 이후 본격적으로 근대극이 뿌리내리는 데 크게 기여했다. '커피를 못 마시면 우울해지고 다방이건 어디건 솔베이지송의 음악이 흘러나오면 하염없이 울고 앉았던' 그는 나비넥타이에 중절모, 파이프 담배를 즐겼던 서구풍 신사였다. 만년의 글에서 "무대는 나의 마음의 극장, 내 예술의 재료는 육체"라고 했던 것처럼 식구들의 호구지책도 포기하고 연극에만 매달렸다. 스타니슬라프스키를 이 땅에 처음 소개한 주인공이기도 하다.

'눈물의 여왕' 이라고 불렸던 전옥(1911~1974)은 '타고난 대중적 비극배우' 라는 수식어로 소개되고 있다. 유 교수는 "60대 후반의 병석에서도 매력이 넘쳐흘렀던 배우"로 그를 회고했다. 함경남도 함흥의 소지주 집안에서 8남매 중 둘째로 태어난 그녀는 어렸을 적부터 타고 난 미모에 끼가 넘쳤다고 전해진다.

우리 현실을 비극적 리얼리티로 그려 내려던 영화감독 나운규에게 16세 어린 시절에 발탁돼 「잘 있거라」「옥녀」「저 강을 건너서」의 주인공으로 활약했다. 나운규의 영화가 일제의 극심한 탄압으로 침체기에 접어들자 전옥은 '연극'이라는 또 다른 길을 찾았고, 28년 토월회에 가입해 한국연극계의 꽃으로 떠올랐다.

유 교수가 '한국 여성연극의 대모(代母)'로 꼽은 이는 박현숙(80)이다. 이 땅에서는 3·1운동 이후 적잖은 여성 작가들이 잇달아 등장했지만, 우리 연극사에서 본격적인 여성작가가 등장하기까지는 많은 시간을 기다려야 했다. 유 교수는 책 속에서 "천수백년의 연극사에서 제대로 된 여성작가의 등장은 6·25전쟁이 끝난 뒤에야 가능했다"며 60년 희곡 「항변」으로 데뷔해 연극운동으로까지 지평을 넓혀갔던 박현숙을 우리 연극사의 중요한 자리에 올려놓고 있다.

이밖에도 유 교수는 책 속에서 20세기 최고의 한국배우들을 거론한다. "47년을 전후해 상당수 배우들이 월북했기 때문에 그 선정이 몹시 어렵다”는 고백과 함께, 북으로 간 배우 황철을 '신파극 분야 최고의 배우' 로 꼽고 있으며, 창극에서는 김소희, 정통신극에서는 김동원과 장민호, 백성희의 이름을 올려놓고 있다. 특히 황철에 대해서는 '20세기 최고의 대중연극 스타' 라는 찬사를 보내고 있다.

“지난 15년은 '기록' 과의 싸움이었다.” 유민영 단국대 석좌교수(사진)는 『한국 인물연극사』 1·2를 탈고해 책으로 묶어낸 소감을 “마치 전쟁 치르는 듯했다.”고 밝혔다. 무릇 한국의 예술사를 인물을 초점으로 기술하는 책은 흔치 않다. 유 교수는 “장르를 막론하고 인물을 통해 우리 예술사를 서술한 시도는 이번이 처음”이라며 “사람을 탐구해야 역사의 이면까지 보인다”고 강조했다.

“나도 그동안 연극사나 희곡사와 관련한 책들을 많이 썼지만, 이번 작업을 하면서 그것들이 불충분한 서술이었다는 걸 깨달았습니다. '인물' 이 빠져버린 역사는 반쪽도 되지 못하는 '미완' 일 수밖에 없어요. 십수 년 동안 여기저기서 인물에 관한 조각 자료를 끌어 모아서 퍼즐을 맞추는 마음으로 작업을 했지요." 유 교수는 가장 힘들었던 점으로 자료의 부족을 꼽았다. 특히 우리나라에는 배우에 대한 자료가 거의 남아 있지 않아서 힘들었고, 심지어 펜을 놓을까 싶었던 마음까지 들었노라고 털어놨다. 그는 "일본 배우들은 일기장이라도 남겨 놓았는데…."라며 허탈하게 웃었다.

"또 하나 어려웠던 점은 현존 인물들에 대한 평가였지요. 이 책이 신재효부터 임영웅까지 거론하고 있는데 마지막 장에 등장하는 백성희, 장민호, 이병복, 김정옥, 최은희 등이 다 지금 살아있는 분들이잖아요. 과거의 인물은 객관적(역사적) 평가를 내리기 용이하지만 현존 하는 분들에 대해선 좀 어려운 부분이 있어요. 하지만 최대한 객관화시키려고 노력했고 가급적이면 따뜻한 눈으로 바라보려고 했지요."

특히 요즘 독자들에겐 현존하는 연극인들에 대한 평가가 더욱 흥미를 끌 법하다.

유 교수는 배우 백성희를 '삶과 연극을 조화시킨 무대의 달인'으로, 장민호를 '우리 시대 배우예술의 전범'으로, 무대미술가 이병복을 '사실주의 무대 미술을 한 차원 높인 예술무대의 거장'으로 평가한다. 또 연출가 김정옥을 '정통신극사에 반기를 든 제3세계형 실험극의 선구자'로, 임영웅을 '정통극과 뮤지컬을 넘나드는 주류연극의 대부'로 칭한다.

유 교수는 우리 연극사를 "고통과 좌절을 한 판의 놀이로 승화시켜왔다"는 말로 정의했다. 그에게 연극이란 궁극적으로 놀이다. 그것은 배우에게나 관객에게나 '쌓인 것을 풀어내는' 행위다.

유 교수는 "내용은 심각해도 객적은 듯이 풀어내야 연극이고 놀이"라며 "우리의 전통인 판소리뿐 아니라 요즘 유행하는 뮤지컬조차도, 무거운 주제를 재미있는 놀이로 풀어낸다는 점에 서 다를 바 없다"고 말했다.

1,600여 쪽에 달하는 『한국 인물연극사』 1·2는 고은의 시집 『만인보』에 견줄 만한 연극계의 성과다. 하지만 유 교수는 "아직은 미완의 저서"라는 말로 지금도 여전히 작업을 계속하고 있음을 밝혔다.

"3권을 준비하고 있어요. 1935년 이후의 출생자들, 이를테

면 오태석, 윤대성, 박정자, 손숙, 이윤택 등 써야 할 사람들
이 아직도 많아요. 나머지는 후학들에게 맡겨야지요.”

─경향신문 문학수기자 2006.8.25

신재효

흥해성

황철

현철

전

한국연극, 그들이 있어 행

61인의 삶과 예술세계 그린 '인물연극사' 출간

'국민음악극 창시' 신재효

北으로간 배우 황철부터

정통신극 장민호까지

고통과 좌절을

한판 '놀이'로 승화시킨

쟁이들의 행적 복원

연극계의 '만인보'

'역사를 만드는 것은 결국 사람이다.'

반세기 가까운 세월 동안 한국연극사 연구에 매진해온 유민영 교수(69·단국대 석좌교수)는 '인물'이라는 앵글로 역사를 바라본다. 유교수가 최근 펴낸 '한국 인물연극사 1·2'는 전체 분량이 1,600여쪽에 이르는 대작(大作)이다. 조선시대의 판소리 이론가 신재효로부터 지금도 여전히 현역으로 활약하고 있는 연출가 임영웅에 이르기까지, 61명의 삶을 꼼꼼히 기록하면서 우리 연극사를 한 폭의 커다란 벽화로 그려냈다. 그 중 유교수가 특히 중요하게 언급한 몇몇 인물들의 연극사적 의미를 짚어본다.

신재효(1812~1884)는 전북 고창 사람이었다. 음률에 정통하고 시문에 능했지만 중인계급에 속해 관직에서 능력을 발휘할 기회를 얻지 못했다. 하지만 이재에 밝았던 그는 40세 때 이미 천석꾼 지주가 되어 50가구가 넘는 세대를 거느렸다. 넉넉한 자산을 갖고 있던 신재효가 눈을 돌린 곳은 바로 판소리 광대에 대한 후원과 교육이었다.

그는 광대들을 먹이고 집을 사주는 데서 그치지 않고 구전으로 말미암아 정확하지 못했던 가사를 정비하고 세련되게 다듬었다. 또 판소리 대본을 정리하면서 관객의 상상을 불러일으키는 가시적 볼거리를 술하게 묘사해 가사화시켰다. 덕분에 판소리는 신재효 이전과는 확연히 다른 '재미'를 얻었다. 그리하여 유교수는 신재효에게 '조선시대의 탁월한 국민음

명 희운, 1989~1965)이라는 인물이 우뚝 서있다.

그는 1920년에 근대극 인재를 발굴할 요량으로 예술학원을 냈으나, 당시 주류였던 전통극과 신파극에 밀린 데다가 자금난까지 겹쳐 문을 닫았다. 이후 '개벽'의 학예부장으로 일하며 계몽적 글쓰기를 펼치다가 '조선배우학교'의 문을 열었다. 25년 정월 첫 입학생들 중에 '복혜숙'이라는 이름이 보인다. 철저한 서구적 근대극 신봉자였던 현철은 30년대 들어 연극계를 떠나 화장품 회사를 운영했지만, 해방 후인 46년 서울역 앞 조선통운 2층에 '조선배우학교'의 문을 다시 연다. 이 학교는 48년 좌익학생들에 대한 경찰의 수사로 문을 닫았다. 지금도 현역으로 활약하는 원로배우 장민호가 바로 이곳 출신이다. 유교수는 현철을 '과도적 근대극의 설계사'라고 칭한다.

우리 연극사에서 전문연출가 1호는 홍해성(1893~1957)이다. 소위 연출법이라는 것을 처음 도입해 연극 무대에 활용했고, 30년대 이후 본격적으로 근대극이 뿌리내리는 데 크게 기여했다. '커피를 못 마시면 우울해지고 다방이건 어디건 솔베이지송의 음악이 흘러나오면 하염없이 울고 앉았던' 그는 나비 넥타이에 중절모 파이프 담배를 즐겼던 서구풍 신사였다. 만년의 글에서 "무대는 나의 마음의 극장, 내 예술의 재료는 육체"라고 했던 것처럼 식구들의 호구지책도 포기하고 연극에만 매달렸다. 스타니슬랍스

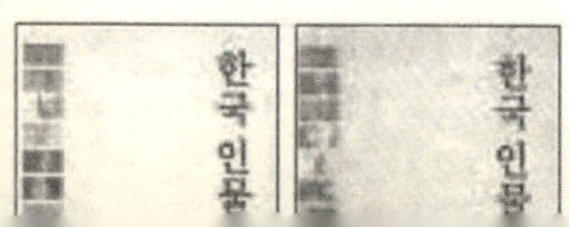

〈경향신문 2006년 8월 25일〉

"배우에 대한 기록 없어 15년간 자료와의 전쟁"

연극사 연구 한길 유민영 단국대 석좌교수

박현숙

했다

…반의 병석에서도 매력이 넘
…우"로 그를 회고했다. 함경남
…소지주 집안에서 8남매 중 불
… 그녀는 어렸을 적부터 타고
…기가 넘쳤다고 전해진다.
…을 비극적 리얼리티로 그려
…감독 나운규에게 16세 어린
…돼 '잘 있거라' '옥녀' '저 강
…ㅣ 주인공으로 활약했다. 나운
… 일제의 극심한 탄압으로 침
…들자 전옥은 '연극'이라는 또
…았고, 28년 토월회에 가입해
…의 꽃으로 떠올랐다.

'한국 여성연극의 대모(代
…이는 박현숙(80)이다. 이 땅
…운동 이후 적잖은 여성 작가
… 등장했지만, 우리 연극사에
… 여성작가가 등장하기까지는
… 기다려야 했다. 유교수는 책
…수백년의 연극사에서 제대로
…의 등장은 6·25전쟁이 끝난
…했다"며 60년 희곡 '향변'으
…연극운동으로까지 지평을 넓
…숙을 우리 연극사의 중요한
…놓고 있다.

유교수는 책 속에서 20세기
…배우들을 거론한다. "47년을
…수 배우들이 월북했기 때문
…ㅣ 몹시 어렵다"는 고백과 함
…간 배우 황철을 '신파극 분야
…'로 꼽고 있으며, 창극에
…희, 정통신극에서는
…민호, 백성희의
…ㅓ놓고 있다.
…ㅔ 대해서는

"지난 15년은 '기록'과의 싸움이었다."

유민영 단국대 석좌교수(사진)는 '한국 인물연극사 1·2'를 탈고해 책으로 묶어낸 소감을 "마치 전쟁치르는 듯했다"고 밝혔다. 무릇 한국의 예술사를 인물을 초점으로 기술하는 책은 흔치 않다. 유교수는 "장르를 막론하고 인물을 통해 우리 예술사를 서술한 시도는 이번이 처음"이라며 "사람을 탐구해야 역사의 이면까지 보인다"고 강조했다.

"나도 그동안 연극사나 희곡사와 관련한 책들을 많이 썼지만, 이번 작업을 하면서 그것들이 불충분한 서술이었다는 걸 깨달았습니다. '인물'이 빠져버린 역사는 반쪽도 되지 못하는 '미완'일 수밖에 없어요. 십수년 동안 여기저기서 인물에 관한 조각 자료를 끌어모아서 퍼즐을 맞추는 마음으로 작업을 했지요."

유교수는 가장 힘들었던 점으로 '자료의 부족'을 꼽았다. 특히 우리나라에는 배우에 대한 자료가 거의 남아 있지 않아서 힘들었고, 심지어 펜을 놓을까 싶었던 마음까지 들었노라고 털어놨다. 그는 "일본 배우들은 일기장이라도 남겨놓았는데…"라며 허탈하게 웃었다.

"또 하나 어려웠던 점은 현존 인물들에 대한 평가였지요. 이 책이 신재효부터 임영웅까지 거론하고 있는데 마지막 장에 등장하는 백성희, 장민호, 이병복, 김정옥, 최은희 등이 다 지금 살아있는 분들이잖아요. 과거의 인물은 객관적(역사적) 평가를 내리기 용이하지만 현존하는 분들에 대해선 좀 어려운 부분이 있어요. 하지만 최대한 객관화시키려고 노력했고 가급적이면 따뜻한 눈으로 바라보려고 했지요."

특히 요즘 독자들에겐 현존하는 연극인들에 대한 평가가 더욱 흥미를 끌법하다.

유교수는 배우 백성희를 '삶과 연극을 조화시킨 무대의 달인'으로, 장민호를 '우리 시대 배우예술의 전범'으로, 무대미술가 이병복을 '사실주의 무대미술을 한 차원 높인 예술무대의 거장'으로 평가한다. 또 연출가 김정옥을 '정통신극사에 반기를 든 제3세계형 실험극의 선구자'로, 임영웅을 '정통극과 뮤지컬을 넘나드는 주류연극의 대부'로 칭한다.

유교수는 우리 연극사를 "고통과 좌절을 한 판의 놀이로 승화시켜왔다"는 말로 정의했다. 그에게 연극이란 궁극적으로 '놀이'다. 그것은 배우에게나 관객에게나 '쌓인 것을 풀어내는' 행위다.

유교수는 "내용은 심각해도 객적은 듯이 풀어내야 연극이고 놀이"라며 "우리의 전통인 판소리뿐 아니라 요즘 유행하는 뮤지컬조차도, 무거운 주제를 재미있는 놀이로 풀어낸다는 점에서 다를 바 없다"고 말했다.

1,600여쪽에 달하는 '한국 인물연극사 1·2'는 고은의 시집 '만인보'에 견줄만한 연극계의 성과다. 하지만 유교수는 "아직은 미완의 저서"라는 말로 지금도 여전히 작업을 계속하고 있음을 밝혔다.

"3권을 준비하고 있어요. 1935년 이후의 출생자들, 이를테면 오태석, 윤대성, 박정자, 손숙,

신작 희곡

그때 그 사람들(1막 5장)

극작노트

1910년 구한말 국권을 일본에 빼앗긴 후 올해가 탑골공원에서 1919년 기미년 독립 선언서를 선포한 지 90년을 맞은 3·1절 기념의 해가 된다.

이 작품은 일제 36년간의 그들 악정을 많이 보고 느낀 사람들을 나름대로 한 편의 희곡으로 엮어 이름 없이 떠나간 많은 순국 선열열사들에게 위로와 진혼의 글로 바치고자 쓴 작품이다.

때

흘러간 공간에서 1944년~1950년 사이

그리고 2009년 광복 90주년 3·1 축제 공원 무대.

곳

1930년 전후, 10년 전에 중국 상해로 조선독립을 위해 망명한 김 대감 집.

퇴색한 사랑채, 방이 두 개 붙은 마루, 마당엔 나무 몇 그루, 그 옆으론 나무토막으로 만든 의자가 두개 놓여있다.

할아범이 마당의 낙엽을 쓸고 있는데서 막이 열린다.

나오는 사람들

안방마님 : 60세. 김 대감의 처. 조선시대 명문가 처.

　　　　　김 대감은 현재 상해 독립단원으로 65세

김철호 : 23세. 김 대감의 외아들. 동경 명치대 유학생.

사랑채 마님 : 62세. 이 대감 처.

　　　　　이 대감은 67세로 김 대감의 친구, 숨어사는

독립단원.

이석화 : 20세. 이 대감의 외동딸

　　　　유치원 보모.

박선희 : 21세. 철호와 부친끼리 약속한 약혼녀, 옥사당한

　　　　항일투쟁 선봉자의 딸.

할아범 : 75세. 대대로 김 대감집 하인.

형사 A : 50세. 일본인 정보계 형사 주임. 사꾸라이(櫻井).

형사 B : 35세. 조선인 형사 부장.

엿장수 : 40세. 조선인 독립단 연락원.

최상현 : 75세. 연출 총 진행.

악사 A, B, C

제1장

막이 오르는 징소리가 크고 작게 들려오고 밖에서는 아이들의 구슬픈 노래 소리가 들려온다.

(아리랑 노래)

할아범 마당을 쓸다 노래 소리를 듣고 밖을 내다보며.

할아범 : 애들아, 누가 들을라. 그 노래가 금지된 노래인지
　　　　도 모르고 부르니. 에잇, 망할 놈의 세상. (노래
　　　　조용해진다)

(노래)

아리랑 아리랑 아라리요

아리랑 고개로 넘어간다

아리랑 고개는 열두 고개

아리랑 고개마다 수심의 고개

아리랑 아리랑 아라리요

우리네 타는 마음 그 누가 알까

아리랑 아리랑 아라리요

아리랑 고개는 눈물의 고개

석화 모 : (방문을 열고나오며) 할아범 뭘 그렇게 소리를
          지르세요.

할아범 : 아, 저애들이 금지된 노래를 부르잖아요. 잡혀가
          려고….

석화 모 : (마루에 걸터앉으며) 세상이 하도 어수선 하니
          까, 모두 걱정이 되네요.

할아범 : 말도 함부로 하면 사상이 나쁘다고 다 잡아가고
          요, 마구 두들겨 패서 반병신이 되서 나온다네요.

석화 모 : 그뿐인가요, 2년 전부터는 학교에서 우리말인 조
　　　　 선말을 못 쓰게 하고, 실수로 조선말을 쓴 애들
　　　　 은 하루종일 벌을 준다네요.

　　　　 (이때 방에서 석화 나온다.)

석　화 : 어머니, 전 오늘부터 유치원 못가요. 사상이 불순
　　　　 한 교사가 있는 유치원은 모두 폐원시켰어요.
석화 모 : 그럼 우리 생활비는 어떡하니? 막막하구나….
석　화 : 걱정 마세요. 인천에 있는 고무신 공장에 이력서
　　　　 를 어제 내고 왔어요.
할아범 : 그나저나 요사이 상해 임시정부에서 밀파된 연락
　　　　 원 엿장수도 안 오고, 궁금해서 어젯밤 근처 복덕
　　　　 방에 갔더니, 일본유학생 우리 도련님은 무사하
　　　　 냐고 묻데요?

　　　　 (석화 모, 석화 할아범께 다가가며)

석화 모 : 일본 유학생들이 어찌 됐데요?

석　화 : 라디오도 못 듣게 하니까 세상 돌아가는 걸 통 알
　　　　수가 없네요.
석화 모 : 그런데 도봉산 기도원으로 백일기도 떠나신 안
　　　　방마님은 또 왜 이렇게 소식도 없으시고, 안 내
　　　　려 오시는지….
할아범 : (한숨을 쉬며) 글쎄올시다. 가뜩이나 몸도 쇠약하
　　　　신 분이 식사나 잘 챙겨 드시는지….
석화 모 : 그러지 말고 내일 마님께서 잘 잡수시는 별식을
　　　　좀 만들어 드릴 터이니 할아범이 좀 다녀오세요.
할아범 : 그렇게 하세요. 그럼 내일 제가 다녀오겠습니다.

　　　(안으로 들어가고 담 옆으로 선희의 모습이 보인다.)
선　희 : (초인종을 누르고 석화 문을 연다.) 석화야.
석　화 : 언니, 별고 없으시지요.
선　희 : 응 나야 집에만 있으니 별고 없지만, 어제 조카가
　　　　와서 유치원이 내일부터 폐원된다니 무슨 소린지
　　　　궁금해서 왔다.
석　화 : 언니도 소식 들으셨군요?
선　희 : 동굴 속 같은 산속에서 살고 있으니, 통 세상 돌아

가는 물정을 알 수가 있어야지? 그래서 어제 조카
네 집으로 숨어 내려왔다 석화소식을 알게 됐어.

석　화 : 언니, 꼼짝 말고 숨어 있어요. 온통 조선이 뒤죽박
죽이 됐어요. 상해로 간 안채 김 대감님이나 우리
아버지는 요사이 죽었는지 살아 계신지 통 몇 달
동안 소식이 캄캄하네요. (숨을 몰아쉰다. 사방을
살피며) 꼭, 꼭 2~3개월에 한 번씩은 엿장수를 통
해 소식이 전해졌는데 벌써 5개월째 통 소식두절
이에요. (조심스러운 어조) 우리 아버지가 가지고
가신 군자금은 받으셨는지도 알 수 없구요.

선　희 : 그런데 일본으로 유학 간 철호 씨는 무사하실까?

석　화 : 소문엔 일본에서 조선 유학생들이 징병으로 자진
출두 하라는 명령이 내려졌다는데…. 어찌된 영문
인지 그곳에서도 아무 연락이 없네요.

선　희 : (한숨 쉬며) 석화야, 어쩌면 좋겠니? 그렇다고 내
가 가서 찾아 뵐 수도 없고, 난들 일본 땅에 가본
적이 없으니 용기도 안 난다.

석　화 : 언니, 걱정되시겠어요. 결혼식만 안 올렸지 철호
씨와 언니는 집안끼리 벌써 10년도 전에 약속한

사이가 아네요.

선 희 : 그야 아버님 두 분의 약속이지 어디 우리야 한 번
도 만나서 사랑의 표시도 해본 사이가 아니지 않
니?

석 화 : (쓸쓸히 웃으며) 당시 두 분께서 구한말에 궁중에
서 만난 같은 신분의 친구이시고, 지금은 조국 광
복을 위해 망명해서 상해 임시정부 조직원으로 목
숨 걸고 구국운동하시는 친한 친구 아니세요.

선 희 : 어쨌든 목숨 걸고 소식 전하던 엿장수 아저씨가
오셔야 상해 소식을 알 수 있을 텐데….

석 화 : 그럼요. 소식 아는 대로 할아범을 통해 알려 드릴
게요. 그리고 일본엔 군수 공장 같은 데서 할 일이
많아서 공장 직원을 많이 모집한다는데 같이 안
갈래요 언니? 임도 보고 뽕도 따고. (웃는다.)

선 희 : 글쎄 네가 가면 나도 따라 나설게. 참 고맙다. 그
럼 잘 있어. 내일 다시 인천 고무공장 앞에서 만나
의논하자.

석 화 : (돌아가려는 선희에게) 언니, 조심히 가세요. 요사
이 곳곳에서 처녀 실종 사건이 하루에도 몇 건씩

생기는데 통 발표가 안 난다네요. 비밀리에 납치
해 간대요.

선 희 : 그래, 이 무서운 세상을 어찌 살아야 할지….

(조심스럽게 사면을 둘러보며 나간다.)

석 화 : (담 안에서 손을 흔들며 인사 나눈다.) 조심히 가요.

(이때 석화 모 방에서 나오며)

석화 모 : 석화야 듣자니 선희랑 일본 취직하러 가겠다고
          하던데, 아예 그런 생각일랑 거두어라. 그놈들이
          좋은 직장이라고 그러지만 그 말을 어찌 믿고 그
          러니?

석 화 : 그야 갔다 마음에 안 들면 돌아오지요 뭐….

석화 모 : 그리고 선희는 자기 약혼자가 있으니 그런 대로
          만나면 되겠지만 너야 그 천리 타향에 갔다가 마
          음에 안 드는 직장이면 어떡하겠니? 안 된다. 절
          대 못 간다.

석　화 : 어머니, 걱정 마세요. 아무데 가 있어도 자기만 정
　　　　신 차려 싫으면 그만 두고 돌아올게요. 돈 벌이도
　　　　되고 넓은 세상 구경도 할 겸. 그리고 철호 씨도 한
　　　　번만 더 만나보고 싶구요.

석화 모 : 아예 그런 생각 마라. 그렇지 않아도 철호 도령
　　　　이 선희 보다 널 더 좋아 하는 것 같더라. 아서라
　　　　아예….

석　화 : 어머니, (쑥스러워 하면서) 어머니도 눈치 채셨어
　　　　요?

석화 모 : 그야, (한숨을 쉬며) 우리 집안이 독립운동가라
　　　　고 재산 몰수당하고, 갈 데 올 데 없이 쫓겨났을
　　　　때 그때가 벌써 10년 전이다. 그때부터 이 댁에
　　　　와서 신세지며 살림 돌보고 살았으니 너희들이
　　　　야 친 형제처럼 살아온 사이니까 정도 들고….
　　　　(말을 못 잊고 눈물만 닦는다.)

석　화 : (목메어 하며) 어머니, 괜찮아요. 물론 우리들 사
　　　　이는 친 오누이처럼 지낸 시이지요. 그러나 누 사
　　　　람의 신분은 엄연히 달라요. 이제는 양반집 도령
　　　　과 소작인의 딸 사이…. (목이 메인다.)

석화 모 : 어쨌든 동경 갈 생각일랑 접어라.

석　화 : 걱정 마세요. 제 일은 제가 알아서 할게요.

석화 모 : 그리고 그 일본 정보 밀정 놈들의 말을 곧이곧대
　　　　로 들어서는 안 된다.

　　　(이때 등화관제 사이렌이 울린다.)

석화 모 : 또 비행기가 왔나보다.

　　　(일어나 등잔불을 끌 때 무대 암전)

제2장

(징소리와 함께 불이 들어온다.)

다음날 아침

할아범 : (대문 초인종을 누른다.)

석화 모 : (문을 열고나오며) 누구세요?

할아범 : 접니다.

석화 모 : (맨발로 뛰어 나오다 마님을 보고 화들짝 놀라
　　　　며) 웬 일로 마님께서 이렇게 일찍 오셨어요.

철호 모 : 그간 잘 있었나요?

석화 모 : 안녕하셨어요.

　(할아범 지게를 메고 들어와 한쪽에 세우고 먼지를 턴
　다.)

석화 모 : (안으로 들어가 방석을 들고 나와 마루에 놓으
　며) 이리 앉으세요.

철호 모 : (억지로 몸을 가누며) 내가 집을 떠난 지가 벌써
　4개월째 되는가요?

석화 모 : 그러믄요. 해외 나가 있는 두 분을 위해 백일기
　도 드린다고 가신 지가 벌써 그리 되네요.

철호 모 : 석화는 어디 갔나요?

석화 모 : 네, 오늘은 새벽부터 인천에 다녀 온다구요.

철호 모 : 인천엔 왜요?

석화 모 : 네, 다른 게 아니라 직장이 문을 닫게 되서 직업
　이 없으면 생활이 안 되고, 그래서 인천 고무신
　공장에다 이력서를 냈나 봐요.

철호 모 : 아, 그래요. (고개를 끄덕이며) 망할 놈의 세상.
　아니 어린애들 교육 기관까지 못 하게 하고….

(다시 말을 꺼내며) 그뿐만 아니라 어제 도봉산 기도원에서 들은 얘기인데 밭에 나가 김매는 처녀아이를 둘이나 잡아 갔다네요.

석화 모 : (놀라며) 네? 여자 아이들을요? 왜요?

철호 모 : 말인즉 일본에 취직자리가 많으니까 가면 월급도 많이 받고, 대우도 잘해 준다고 하면서….

석화 모 : 에구머니나, 우리 석화도 사꾸라이(櫻井) 형사 앞잡이가 그런 말을 하면서 보내 주겠다고 하더라구요.

철호 모 : 그놈들 말을 곧이들어선 안 돼요.

할아범 : (짐을 들여다 놓고 나오며) 말셉니다. 세상 종말이 온 것 같으네요.

석화 모 : 그나저나 아침 준비를 해야 할 터인데…. (안으로 들어가려 할 때.)

(밖에서 가위소리가 들리며 엿장수 노래가 들린다.)

엿장수 : 엿 사시오, 엿이요. 깨엿은 오전(五錢) 호박엿은 두 가락에 오전(五錢)이요.

할아범 : (대문을 연다.) 아니 이게 몇 달만이요.

엿장수 : 그간 안녕들 하셨어요.

철호 모 : (맨발로 내려오며) 아니, 어떻게 오늘에야….

엿장수 : (사방을 살핀다.) 그간 제 고생은 말도 마세요. 고
생고생 끝에 군자금을 전달하고 다시 돌아오다 조
선 비밀 정보원으로 붙잡혀 유치장에서 죽을 고문
당하고 일주일 전에야 간신히 풀려 나왔어요.

철호 모 : 그래, 세 분은 안녕 하시던가요?

엿장수 : 고생이 말이 아니죠, 식솔들은 늘고 돈은 떨어지
고 겨우 죽으로 연명하고들 있어요.

석화 모 : 조선 동포들이 많이 협조해야 하는데….

철호 모 : 그럼 이 집이라도 마저 팔아서 보냅시다.

할아범 : 아니, 그럼 마님이나 행랑 식구들은 어디로 갑니
까요?

철호 모 : 우리야 기도원에라도 모여서 살면 되지만….

할아범 : 그건 안 됩니다. 마님께선 몸도 성치 않으시고, 그
리고 일본에 간 아드님은 어떻게 찾아오라구요.

석화 모 : 그러믄요. 우리 식구는 다 건강해서 기도원에 같
이 가서 숨어 살 수 있지만, 마님께선 쇠진한 몸

이시라….

철호 모 : (담배만 피우던 엿장수에게) 아저씨는 댁에 가
　　　　좀 쉬세요. 내가 조만간 집 처리가 되면 연락할
　　　　게요.

엿장수 : (일어서며) 그럼 가까운 시일, 다시 들를게요. (일
　　　　어서 나간다.)

할아범이 배웅하려 할 때 형사 A, B 등장.

형사 A : (나가려는 엿장수 목덜미를 잡으며) 어이, 고라칙
　　　　쇼(짐승 같은 놈). 너 이거 뭐야. 엿가락 몇 개 가
　　　　지고 이집 저집 돌아다니며 정보 연락이나 해주
　　　　고 먹고 사는 놈이지.

　　(발길로 찬다.)

엿장수 : (일어서서 유유한 태도로) 아니, 악명 높은 사꾸
　　　　라이 형사님 아니십니까?

형사 A : 이놈이 내 이름까지 안다….

엿장수 : 아니, 이 마을에서 정보계 호랑이 주임님을 모르
　　　 는 이가 없을 텐데요?

형사 A : (형사 B를 보고) 야 이 새끼야, 넌 뭣하고 있어?
　　　 (소리친다.)

형사 B : (담배를 끄고) 제가 알아서 처리하겠습니다.

엿장수 : 누구 맘대로. 넌 그 악명 높은 조선인 형사, 일본
　　　 경찰 밀정으로 잘 알고 있다.

형사 B : 이 자식이 누군데 함부로 까불어?

엿장수 : (엿가락을 집어 입에 쳐 넣으며) 자, 이거나 하나
　　　 잡수시고 정신 차리시지. 넌 네 몸에 조선 사람
　　　 피가 흐르고 있다는 사실도 모르나. 나라 잃은 민
　　　 족이 제 나라를 찾고자 목숨 걸고 투쟁하는 이때
　　　 너는, 왜놈들 밀정 노릇을 하다니.

형사 A : (분노하며) 아니, 저놈이 누굴 믿고 까불어 대.

엿장수 : 난 나를 믿는다. 나는 조선 사람이라는 것, 이 나
　　　 라는 우리 조선 사람들 것 이라는 것. 그걸 믿고
　　　 살고 있다.

형사 B : 말조심해. (헛기침) 아, 재수 없을라니까. 어디서
　　　 저런 놈이….

엿장수 : 난 며칠 전에 죄 없이 유치장 신세도 지고 몇 달
만에 풀려난 몸이다. 이제 네놈들 학대도 더 이상
받을 수 없기에 최후 발악하며 사는 놈이다. 내
민족을 위해 죽음을 각오하고 사는 놈이 무서울
게 뭐, 있겠니? 너희들은 그 교활한 수법으로 우
리 조선의 황후, 명성황후까지 살해하고도 더 이
상 무슨 악랄한 흉계를 또 꾸미려느냐?

형사 A : 저놈이 요주의 인물…, 수사 대상이로구만.

형사 B : 부장님, 저런 놈을 잘못 취조하다간 우리네 목숨
이 위태로우니 오늘은 그냥 놔둡시다.

엿장수 : 아주 영리한 놈이군, 이놈아 그 머리를 내 나라를
위해 써라. (목판을 메고 나간다.)

형사 A : 그런데 이 집엔 아들이 몇 달 전 일본 거처에서 어
디론가 사라졌다는데. 집엔 안 왔나?

(이리저리 살피다. 사랑채도 뒤지고 나온다.)

철호 모 : 뭐라구? 우리 철호가 행방불명이라고?

형사 B : 일본의 유학 간 대학생들, 명예로운 학도병으로
자진 입대 하라는 명령에 많은 학생들이 반대하

고 도주 했답니다. (눈치를 보며) 그중에 댁의 아
드님두요.

철호 모 : (놀라며) 우리 철호도?

형사 B : 그래서 지금쯤 집에 와 숨어 있을 거라는 소식 듣
고 이렇게 온 겁니다.

할아범 : 우리 도련님은 온 적도 없고, 도무지 요사인 소식
을 모릅니다.

형사 A : 이 늙은 놈아. 우리가 물어본 건 네가 아니고 그
아들놈 어머니께 물었다.

(형사 주먹에 가슴을 맞은 할아범 마당에 넘어진다.)

철호 모 : 아니, 여보시오. 모르는 걸 모른다 하는데 사람
은 왜 쳐요.

석화 모 : (할아범을 일으키고) 여보시오, 형사님들 돌아가
십시오. 생사람 잡지 말고.

(이때 석화 들어온다.)

석　화 : (어리둥절해 하며) 아니, 마님. 돌아 오셨네요. (둘
러보며) 형사님들은 웬일이세요?

형사 A : 응, 이쁜이 석화 양 좀 만나러 왔지.

석　화 : 나를요? 왜요? 무슨 일로? 제게 무슨 용건이라도?

형사 B : 여기선 분위기가 좀 그렇고, 내일 다시 와서 조용
히 의논합시다.

형사 A : (끄덕이며) 좋소.

(뒷짐을 지고 나간다.)

석화 모 : (뒤에다 대고) 너희들이 또 무슨 흉계를 꾸미려
고 그러느냐?

(뒤에다 침 뱉고 문을 닫는 가운데 무대 암전)

제3장

다음날 새벽 문을 두드리는 소리.

할아범 뛰어나와 문을 연다.

철 호 : (다급히 들어오며) 안녕하셨어요?

(마루로 가서 앉는다.)

할아범 : 아니, 도련님이 어떻게? 안으로 들어가시지요.

철 호 : 잠깐만요. 숨 좀 돌리고 들어갈게요.

(할아범 급히 안으로 들어가며 소리친다.)

할아범 : 마님! 마님!

석 화 : (옷을 입으며 나온다.) 누구세요. 아니, 철호 씨
        가….

석화 모 : (웃옷 고름을 매며 나오며.) 아이구, 얼마나 고생
        을 했기에….

철 호 : 안녕들 하셨어요. 나 물 한 그릇 주시겠어요?

석 화 : (물 대접 들고 나오고 철호 모 다급히 나온다.)

철 호 : (물 한 대접을 벌컥벌컥 다 먹어 치운다.) 어머니.

(안에서 철호 모 나오자 철호는 어머니를 끌어안고 한참
소리 없이 운다.)

철호 모 : 이게 꿈이냐 생시냐? 네가 어디서 숨어 다니다
        오늘에야…. (운다.)

석화 모 : (안으로 들어가면서.) 식사 준비를 해야겠네요.
        할아범 나무 좀 갔다주세요.

(안으로 두 사람 들어가고, 석화와 철호 마루에 나란히 앉는다.)

철호 모 : 애야, 그래 이 꼴이 뭐냐? 어디서 어떻게 지내다 언제 도착했니?

철　호 : (웃으며 윗도리 단추를 풀며) 말씀 마세요. 일본 숙소를 떠난 지가 오늘로 꼭 3개월이 되네요. 옷도 이 옷 한 벌로, (숨을 돌리고) 3개월 전 일본 유학생 전부에게 자진 군 입대 명령이 내려지고 강제 체포령을 내리자 대부분의 학생들이 숨어 다니다, 전 다행히 조선으로 오는 밀선을 만나서 바다에서 한 달 표류, 겨우 부산으로 도착해서 지리산으로 들어가 산골짜기로 산골짜기로 헤매며 2개월 밭에서 고구마, 감자, 무 등 마구잡이로 먹고 때로는 산에 사는 우리 사람들의 온정으로 겨우 오늘까지….

철호 모 : 그 고생을 하면서도 죽지 않고 살아 왔으니, 하느님의 보살핌이다.

석　화 : 안으로 드세요. 옷도 갈아입고, 식사 준비 전에 좀 쉬세요.

철　호 : (일어서며) 그래, 그러는 것이 좋겠어. (석화를 자
　　　　세히 바라보며) 아, 그새 석화 많이 예뻐졌구나.

　　　　(석화 쑥스러워 하고 철호, 어머니를 따라 안으로 들어
　　　　간다.)

석　화 : (안으로 들어가는 철호를 물끄러미 바라보다 대문
　　　　쪽으로 가서 사면을 둘러본다. 마루에 걸터앉으
　　　　며.) 오늘 아침, 인천에서 선희 언니와 만날 약속
　　　　을 했는데. 그때 철호 씨가 온 것을 알려주고 일본
　　　　으로 취직 갈 약속은 그만 두기로 해야지…. 선희
　　　　언니가 이 소식을 들으면 얼마나 기뻐할까? (쓸쓸
　　　　해하며 소월시를 읊는다.)

산산이 부서진 이름이여 허공중에 헤어진 이름이여!
불러도 주인 없는 이름이여 부르다가 내가 죽을 이름이여

　　　　(이때 안으로 들어갔던 철호가 다시 나오며 시 낭송을 듣

는다.)

철　호 : (석화 손을 잡아 안으며) 석화야! 보고 싶었다. (볼
　　　　을 비빈다)

석　화 : (뿌리치며) 어머! 누가 보면 어쩌려고….

철　호 : 보면 어때. 그간 난 네가 보고 싶었다. 그 시는 석
　　　　화가 제일 좋아해서 늘 읊어주던 소월 시 아니니.

석　화 : 맞아요. 제가 늘 외로울 때면 읽어보는, 아니 철
　　　　호 씨가 그리워지면 읊어보는 유일한 위안의 시니
　　　　까요.

철　호 : 그래. 나도 이 세상에서 제일 그립고 보고 싶은 사
　　　　람은 바로 너야.

석　화 : (웃으며) 어머나 누가 들으면 어쩌려구. (쑥스러워
　　　　한다.)

철　호 : 솔직한 내 마음인데 누가 들으면 어때.

석　화 : 선희 언니가 들으면 기절하겠네요.

철　호 : 응. 아, 선희 씨. 글쎄…. (쑥스러운 표정) 아, 아직
　　　　식사가 안 됐나? 석화가 유치원 보모랬지.

석　화 : 그게 며칠 전에 유치원 문을 닫으라는 일본 당국

의 명령으로 이젠 직장도….

철　호 : 저런 고얀 놈들 같으니.

석　화 : 특히 내가 다닌 중앙보육전문대학은 항일운동가
　　　　로 낙인이 찍힌 임영신 선생님이 학장이시니. 그
　　　　학교 출신들은 모두 요주의 인물로 낙인이 찍혔다
　　　　네요.

철　호 : 저런, 고얀 놈들. 오직 어린애들 보육을 위한 교육
　　　　기관인데….

석　화 : 몇 달 전 임 학장님이 일본 연락선을 타고 꽃바구
　　　　니 속에 비밀문서를 넣고 미국에서 독립운동을 하
　　　　시는 이승만 박사님을 만나러 가셨댔어요. 무사히
　　　　문서는 전달 됐지만, 소문이 들어간 모양이에요.
　　　　그뿐만 아니라 임 학장님은 16세 여학교 시절에
　　　　교실에 걸린 일본 천왕의 사진을 발로 밟아 찢었
　　　　다고 무서운 고문도 당하고 유치장에도 몇 달 계
　　　　셨더래요. 그래서 항상 그분의 뒤에는 밀정들이
　　　　따라다니고 있다네요. 그러니 그분 제자들은 모두
　　　　요주의 인물로 낙인이 찍혔대요.

철　호 : 망할 놈의 세상.

석　화 : 여성으로선 구국운동가 유관순님도 있잖아요. 모
두 훌륭한 지도자지요. 그런데 이토록 조선이 어
수선한데 앞으로 어떻게 하시려고요?

철　호 : 아, 나? 나는 집에서 잠시 쉬고 상해로 갈 결심이
야.

석　화 : 상해요? 상해도 요사이 어찌된 영문인지 통 연락
이 없어요. 5년 전에 저희 아버지가 가지고 간 군
자금 받았다는 소식도 통 연락 두절이에요.

철　호 : 힘들 테지. 조선 사람의 망명 수는 늘고 자금은 달
리고….

석　화 : 그리고요. 참, 어제 선희 언니가 왔다 갔었어요. 철
호 씨 소식 좀 알고 싶다고.

철　호 : 선희 씨가?

석　화 : 네, 무척 보고 싶은 모양이던데요?

철　호 : 아 그래요. (쑥스러운 어조로) 선희 씨는 어디서
어떻게?

석　화 : 네, 그 언니는 이리저리 피해 다니며 어머니와 함
께 철호 씨 소식만 기다리고….

철　호 : (쓸쓸해 하는 석화 손목을 잡으며) 석화, 퍽 보고

싶었다.

석　화 : (수줍어하며) 저도…. (말을 못 잇는다.)

철　호 : 그래 모두 참고 지금은 나라를 찾는 데만 힘을 쓰

　　　　자.

석　화 : 그만 안으로 드세요.

철　호 : 응 그래, 우선 몸부터 씻어야지.

　　　(철호 안으로 들어간다.)

석화 모 : (철호, 방으로 들어가려는데 어머니 나온다.) 석

　　　　화야 아침 좀 먹고 나가야지. 오늘 인천에서 선

　　　　희랑 만난다고 하지 않았니?

석　화 : 먹고 싶지 않아요. 그냥 나가서 선희 언니랑 사 먹

　　　　고 올게요.

　　　(방으로 들어간다.)

석화 모 : (방에다 대고) 아예 일본 간 궁리는 하시마라. 이

　　　　제 철호 학생도 봤고….

석　화 : (옷을 갈아입고 나오며) 걱정 마세요. 바람도 쐴

겸 인천만 갔다 올게요.

(나간다. 어머니 대문을 닫고 여기저기 둘러본다. 마루
로 가서 앉는다. 할아범 나온다.)

할아범 : (석화 모가 멍하니 앉아있고, 할아범 옷 먼지를
         털며) 마님과 의논을 해 보았지만 부엌으로 통하
         는 땅굴을 파야겠어요.
석화 모 : 그래요. 서두르세요. 행랑채 다락방은 누구나 다
         알고 있으니, 그것이 좋겠어요.

(할아범 일어서서 우측 안으로 들어가 곡괭이와 삽을 들
고 부엌으로 들어가려 할 때)

석 화 : 어머니 저에요.

(석화 모 아무 생각 없이 대문을 열고 놀란다. 뒤에 선
형사 A · B를 보고)

석화 모 : 석화야 웬 일이니, 인천 간다고 나간 애가 왜 벌
　　　　써 돌아오니?
형사 B : 네, 어젯밤 수상한 남자가 이곳으로 들어왔다는
　　　　보고를 받고 저희도 오늘 인천으로 가려다 이곳
　　　　먼저 다녀가려구요.
석　화 : 아니, 왜 제 말을 안 믿으세요? 아무도 안 왔다니
　　　　까요.
형사 A : 그래 좋아, 그럼 다 둘러보고 곧바로 우리 경찰차
　　　　로 떠나면 인천서 기다리는 선희를 제시간에 만
　　　　날 수 있으니. 가만히 앉아 있어.

　　　　(사랑방, 안채 등 뒤지고 있다.)

석　화 : (성난 어조로) 당신들이 정 내 말을 안 믿는다면
　　　　나도 인천에도 안 가고, 일본 취직 알선도 사절합
　　　　니다. (소리 지른다.)
형사 B : (안채로 들어가려다 다시 돌아서며) 뭐? 너 지금
　　　　뭐랬어?
형사 A : (석화 따귀를 치며) 이놈의 계집이 왜 이렇게 앙

탈이야. 너 일찍 죽고 싶어서 환장했냐?

석　화 : 그래 지금 난 살고 싶은 생각이 하나도 없다. (운
　　　　 다.)

석화 모 : 아니, 왜들 이러슈. 내 딸이 무슨 죄가 있다고?
　　　　 (감싸 안는다.)

형사 B : (생각을 고치며) 아닙니다. 이제 그만 가겠습니
　　　　 다. 따님 말을 믿고말고요. (아양을 떤다.)

(형사 A 나무 의자에 걸터앉으며 형사 B에게 담배를 주
고 피운 두 사람, 눈짓으로 무슨 신호를 한다.)

형사 A : 자 그러면 믿고 가야 하는데 물이나 한 모금 주
　　　　 시오.

석화 모 : (안으로 들어가려 할 때 석화도 어머니를 따라
　　　　 들어가며)

석　화 : 잠깐만요. 혹시 오늘 인천 갔다 바로 일본 연락선
　　　　 을 탈지 모르니까 안방마님께 인사나 하고 나올게
　　　　 요. 몸이 쇠진해 누워 계시니까요. 시간 좀 주세요.

(어머니 따라 들어간다.)

형사 A : (고개를 끄떡이며) 빨리 나와.

형사 B : 너무 윽박지르지 마십시오. 그러다 안 간다고 하
　　　　면 우리 계획이 하루아침에 무너질지 모르니까요.

형사 A : (통쾌하게 웃으며) 그래그래. 역시 자네 머린 비
　　　　상해.

형사 B : 일단 인천에서 만나서 연락선까지 아무 탈 없이
　　　　유도해 인계돼야, 그때 우리가 받을 많은 상금도
　　　　돌아 올 것이며. 사실 그 이후야 그 계집애 둘이
　　　　어디로 배치될 것인지도 알 수 없지 않습니까?

형사 A : 그야 우리 임무는 인천 항구 출항까지만 무사히
　　　　끝내면 되니까.

형사 B : 그럼 돌아올 때 우리 손에 약속한 돈은 들어오는
　　　　거겠지요?

형사 A : 암, 암 여부가 있나. (만족해하며) 오늘 보내고 내
　　　　일은, (속삭이듯이) 이 집은 쥐도 새도 모르게 한
　　　　밤중에 불을 지른다. 그러면 혹시 어디 숨긴지 알
　　　　수 없었던 아들놈이 튀어 나온다. 그때 잡으면 수

월하게….

형사 A : 하하하하!

형사 B : (놀란 어조로) 그럼 방화죄로….

형사 A : 이런 멍청이! 우리가 방화했다는 사실은 쥐도 새
도 모를 터이고, 우리는 도망자를 잡고 한 계급씩
올라가는 게야.

형사 B : 그야말로 일석이조(一石二鳥)란 말에 해당되네요.

형사 A : (너털웃음을 지으며) 자넨 역시 유식해. 하하하하!

석 화 : (안에서 나오며) 무슨 재미있는 얘기가 있으셨어
요?

형사 B : 어서 떠나야지 인천서 만나기로 한 친구, 아니 친
구라기보다 학교 하나 위 선배라고 했나?

석 화 : (마음을 가라앉히고) 맞아요. 보육전문학교 하나
윗반이에요.

형사 A : 그러면 일본 가도 외롭지 않겠네. 자, 그만 떠납
시다.

(형사 A · B 먼저 나간다.)

석화 모 : 절대로 저 사람들 말 듣고 일본 가면 안 된다. 인

천에만 다녀오너라.

할아범 : (급히 나오며) 안 되네 안 돼. 저놈들 말 믿어서는
　　　　안 돼.

석　화 : 할아버지 그동안 수고가 많으셨어요. 혹시 오늘
　　　　우리가 되돌아오지 못하더라도, 두 어머님 잘 부
　　　　탁드릴게요. 철호 씨께도 만나 뵙지 못하고 가니,
　　　　혹시 갔다 다시 돌아올 수 있으면 다행이지만. 지
　　　　금 우리가 저자들의 명령에 따르지 않으면 철호
　　　　씨나 우리 집 모든 식구들께 큰 해가 돌아 올 것 같
　　　　아서 그냥 다녀올게요.

（눈물을 머금고 나가려는데 암전.）

제4장

징소리가 은은히 들리고 아리랑 노랫소리가 고요히 흘러
나오며 무대에 불이 들어온다.
구성진 아리랑 노래

1, 2, 3장의 장치 앞에는 흰 막이 쳐졌고 환등기를 볼 수 있
는 장치가 내려있다.
그 옆으로는 축제를 연상할 수 있는 대형 화분이 놓여있
다. 전면은 관중석이다.

최상현 : (중앙에 마이크를 들고) 제가 4장의 총진행을 맡
　　　　 은 최상현이라 합니다. 보신 바와 같이 이 연극은
　　　　 너무나 방대한 사건이고 광복절 이야기이기 때문
　　　　 에 1, 2, 3장까지만 연극으로 보여 드렸고 4장은
　　　　 환등기를 사용해서 그때 상황과 설명만으로 보여
　　　　 드릴까 합니다.

　　　　 우선 3장에서의 궁금증만 알려 드리겠습니다. 석
　　　　 화는 철호의 수색을 막으려 잠깐 다녀오려던 인천
　　　　 행이 선희와 영영 돌아 올 수 없는 곳으로 납치되
　　　　 어 일본 특수부대 군함에 실려, 일본 군부대 위안
　　　　 부가 되었고. 철호 집은 그날 밤 원인 모르는 화재
　　　　 로 철호 모와 석화 모 두 분과 할아범까지 질식 사
　　　　 망했습니다. 다행히 철호는 뛰어 나오다 잡혀가
　　　　 다시 일본 군수품 제조 공장으로 배치되었습니다.
　　　　 그리고 일본은 그 후 조선인들이 우물에 독약을
　　　　 넣어서 일본 사람들 학살을 계획했다는 조작으로
　　　　 수많은 조선 교포를 학살했었고, 날로 심해가는
　　　　 폭격소리와 신음소리, 결국 히로시마와 나가사키
　　　　 가 여름에 원자탄 폭격을 당하고서야 일본 천왕의

항복소리가 라디오를 통해 들려 왔습니다. 네, 그때 제 나이가 겨우 10세였으니까요. 전 영문도 모르고 어른들이 울면 따라 울고 방공호로 끌려 다녔습니다.

아마도 이 작품을 쓴 작가도 내 나이가 전쟁 사건을 잘 알고 있으리라 믿고 연출 진행을 맡긴 것 같습니다. 그럼 이쯤에서 1945년 8월 15일 광복된 우리 조선은 3·8선으로 허리가 잘린 나라로 지금까지 남한에서 7~8명의 대통령이 통치를 했지요? 물론 그 사이에 일어났던 정치파동, 분쟁, 이런 저런 이야기는 나보다 더 여러분이 잘 알고 있고 판단하고 계실 것이라 생각합니다.

안중근 의사가 하얼빈에서 일본군 대장 폭파 사건 후 조선 청년 윤봉길 의사(호: 매헌)도 1932년 4월 24일 일본 침략군이 상해(上海)사변 전승축하식 때 폭탄을 투척하여 상해주둔 일본 파견군 사령관 시라카와 대장 등을 폭파시켜 현장에서 체포되었습니다. 윤봉길 의사는 그해 12월 19일 일본 가네자와에서 25세의 장렬한 일생을 마쳤습니다. 그

후 상해는 조선 독립투사 집단이 김구(金九) 선생 지도하에 뭉쳐 조선 구국운동을 1945년까지 목숨을 걸고 싸운 혁명가 집합소였습니다.

환등기로 상해 임시정부 건물(사진엽서로) 몇 곳과 큰 사건만 당시 TV 뉴스사진 몇 장으로 보여드리고 오늘은 김구 선생과 민족대표 33인이 주도했던 광복 90주년의 3·1절 축하 행사가 아주 재미있는 여흥으로 짜여져 있어서 흥미 없는 환등기를 그만 끄고 특별한 여흥으로 진행을 하겠습니다.

(어두워지면서 무대 암전)

● 상해 임시정부 기념엽서
중에서

제5장

(음악소리가 들리는 가운데 불이 들어온다.)

　악사들 A, B, C 자리를 잡고 앉으며 제 각기 악기를 시험
해 본다.

최상현 : 자, 그러면 오늘의 축제에 특별 출연자 두 분을
　　　　소개할까 합니다. 출연 전에 (귓속말하듯 관중석
　　　　에다) 오늘 모실 분은 한 분은 도봉구에 있는 남
　　　　성 장애자 100여 명이 모여 거주하는 '사랑의집'

에서 선출된 김요셉 님을 모셨고, 또 한 분은 동
대문구에 여성만 200여 명 거주하는 '소망실버센
터'에서 장기 자랑에 뽑힌 여성분, 이름은 이마리
아 님입니다. (안을 향해) 자, 나오십시오.

(악사 A 일어서서 막 뒤로 가서 눈먼 철호 손목을 잡고
나와 의자에 앉힌다.)

최상현 : (또 안을 향해) 다음 여성 대표분.

(악사 B 안으로 들어가 석화가 탄 휠체어를 밀고 나온
다. 박수 소리가 진동한다.)

최상현 : (청중의 박수 소리를 손으로 막으며) 자, 그만 치
십시오. 장기를 보기도 전에 이렇게 큰 환영을 받
는 광경은 사회자의 70평생 처음 보는 광경입니
다. 그런데 여러분 이 두 분은 오늘 이 자리에 나
오기 전에 절대로 본명은 밝히지 말아 달라는 부
탁이 있었습니다. 왜냐구요? 그건 저도 알 수가

없습니다. 그분들의 크나큰 숨은 사연들이 있는
가 봅니다. 우린 그저 듣기만 하고 박수로 환영만
합시다.

(슬슬 악사들의 조율이 시작된다.)

최상현 : (철호 앞으로 가서 귓속말, 일어서서 나온다.)
철 호 : (색안경을 낀 철호) 여러분 전 노래 전공한 사람도
아니고 별로 잘 부를 줄도 모릅니다. 다만 저희 장
애자의 '사랑의 집' 대표로 선출되어 나왔을 뿐입
니다. 오늘 이 자리가 우리 민족의 염원이었던 독
립광복 90주년 3·1절 행사라고 하기에 이 추한
모양새로 여러분 앞에 섰습니다. 전 이 나라를 위
해 부모를 다 잃고 이처럼 불구자의 몸으로 안간
힘을 다해서 살고 있습니다. 그것은 죽기 전에 평
화 통일된 조국을 보고 갈 욕심이고 또 하나는 첫
사랑의 애인을 한번만이라도 만나보고 싶은 간절
한 그리움 때문이었습니다. (목이 메인다.)

(청중석 웅성웅성 하는데 사회자 손으로 조용하라는 신
　호를 보낸다.)

최상현 : (악사들에게 신호를 보내며) 자, 시간상 그만 노
　　　래를….
철　호 : (지팡이를 짚고 아리랑 노래 구슬프게 부른다. 앙
　　　코르 박수 소리가 터질 듯이 울린다.)
최상현 : (끝내고 돌아서려는 철호에게 재청을 원한다.)

(철호 다시 구슬픈 노래 '내 청춘을 돌려다오' 를 부르고
자리에 앉는다. 청중들의 우렁찬 박수소리)

최상현 : (청중을 향해) 여러분 고맙습니다. 그러나 시간상
　　　뜻에 따르지 못하고 그냥 진행합니다. 다음 분은
　　　여성 대표입니다.

(휠체어를 사회자가 마이크 앞으로 끌고 간다.)

석　화 : (무척 쑥스러운 태도로) 고맙습니다. 저는 노래 대

신 시 한 구절을 낭송하겠습니다. '소망실버센터'
의 원장님께서 대표로 꼭 가야 한다기에 나왔습니
다만, 내가 설 자리가 아닌 듯싶습니다. 전 노래는
통 불러본 적이 없습니다. 젊어서부터 제가 좋아
하던 시 한 구절 낭송하겠습니다. 소월의 시 '초
혼' 을 낭송하겠습니다.

(목소리를 가다듬고 쑥스러워하며)

산산이 부서진 이름이여!
허공중에 헤어진 이름이여!
불러도 주인 없는 이름이여!
부르다가 내가 죽을 이름이여!

심중(心中)에 남아 있는 말 한 마디는
끝끝내 마저 하지 못하였구나.
사랑하던 그 사람이여!
사랑하던 그 사람이여!

붉은 해는 서산마루에 걸리었다.
사슴의 무리도 슬피 운다.
떨어져 나가 앉은 산 위에서
나는 그대의 이름을 부르노라.

설움에 겹도록 부르노라.
설움에 겹도록 부르노라.
부르는 소리는 비껴가지만
하늘과 땅 사이가 너무 넓구나.

선 채로 이 자리에 돌이 되어도
부르다가 내가 죽을 이름이여!
사랑하던 그 사람이여!
사랑하던 그 사람이여!

　낭송이 끝나자 청중은 숙연해지며 모두 일어서서 박수를
친다.
　그러나 누군가 관중 속에서 소리를 지른다. 큰 소리로 다
시 한 번 더 들읍시다.

동의한다는 기립박수가 터진다.

철 호 : (자리에서 일어서며) 잠깐만 (큰 소리로) 지금 그
        시, 낭송한 분의 이름을 알고 싶습니다.
최상현 : (다급히 막으며) 본명은 절대로 처음부터 밝히지
        않기로 약속하고 출연한 분입니다.
석 화 : (손을 저으며 눈물을 닦으며) 절대로 안 됩니다.
최상현 : 사연은 알 수 없으나 본명은 모르겠고 세례명만
        이마리아로 기재가 됐습니다. 그러니 알려고 하
        시지 말고, 그냥 두 분은 왜놈들이 말하는 대동아
        전쟁 때 피해자라는 것만 알고 가십시오. 그럼 약
        속 시간상 이것으로 막을 내릴까 합니다. 감사합
        니다.

    (청중들 웅성, 웅성거리며 퇴장하고, 사회자 군중이 다
    떠난 자리에서 두 사람을 향해)

최상현 : 혹시 출연자 두 분께서 조용한 대화가 필요하시
        면 한 시간의 기회를 드리고, 연락처를 알려드리

겠습니다.

석 화 : (휠체어를 철호 앞으로 다가가서 멍하니 쳐다만
　　　　보고 있다.) 혹시 김철호 씨가?

최상현 : (석화에게) 무슨 할 말이라도 있으신가요?

석 화 : (놀라서 뒷걸음질 치며) 아닙니다. 어쩌면 똑같은
　　　　분도 계실까요?

철 호 : 사회자님 다시 묻겠는데요. 지금 그 시 낭송한 분
　　　　좀 만나 뵐 수 있는 시간을?

석 화 : (자세히 올려다 보다) 저 혹시 철호 씨가….

철 호 : (놀라며) 누가 내 이름을 분명히 불렀는데?

최상현 : (이상한 눈치를 채고) 그럼 두 분이 아시는 사이
　　　　같으시니, 양쪽 단체 손님은 다 보내놓고 제 차로
　　　　모셔다 드리겠습니다. 한 시간 동안만 이 공원에
　　　　앉으셔서 옛날 얘기라도 하시지요. 제가 볼일 좀
　　　　보고 한 시간 후에 오겠습니다. 그리고 모셔다 드
　　　　리겠습니다.

(모두 퇴장한 공원 벤치, 두 사람 말을 잊고 앉아있다.)

철 호 : 석화 살아 있었구나? (목 메인 소리로) 그때 60년 전 석화가 인천으로 형사들 따라 갔다 온다기에 꼭 올 거라고 생각했었지. 그런데 그날 밤 우리 집은 누가 방화했는지 식구가 모두 질식사 당하고 나만 그놈들 손에 붙들려 다시 일본 군수공장으로 끌려가 폭탄 제조소에서 일하다가 폭탄이 터지는 바람에 나는 두 눈을 잃게 되고 병원 생활 하느라고 석화나 선희는 찾아 볼 엄두도 못 냈지. (눈물을 닦는다.)

석 화 : 우리 두 사람은 인천에서 만나 다시 집으로 돌아가자는 약속을 했었어요. 그런데 그들이 준 음료수에 수면제를 넣었는지 잠이 들었고, 2시간 후에 눈을 떠보니 벌써 바다 한 복판에 서 있었어요. 일본에 강제로 끌려가서 보니, 그곳은 일본 특수부대 위안소였었어요. 철창 없는 감옥살이 2개월에 선희 언니는 임신 2개월이 됐구요. 그래서 선희 언니는 고민하다 그만 자결했어요. 그날 밤 저는 영안실에 간다는 핑계로 빠져나가 병원 원장실에 올라가 살려 달라고 애원했더니 마쯔무라(松村) 원

장님이 자기 자가용으로 날 원장님 댁에 숨겨 주
었고, 알고 보니 그분들은 독실한 기독교 신자들
이였어요. 그 부인이 고맙게 대우도 잘 해주시고
조선이 해방되자마자 연락선까지 배웅해 주서서
그런 대로 무사히 살아 왔어요, 정신대 여자였다
는 소문도 더럽고 기가 막혀 그 치욕적인 정신대
여자란 이름 때문에 난 내 아버지가 지어준 이름
을 잊고 산 사람입니다. 평생을 숨어 살다시피….
이곳저곳을 헤매며 혹시 어느 곳에서 단 한 번이
라도 철호 씨를 만날 수 있을까 기웃거리며 살아
왔어요. 너무나 그립고 보고 싶었어요.

철 호 : 우리 집 소식도 알았었나?

석 화 : 그때 방화로 다 돌아가셨고 선희 언니네 집도 어
　　　머님이 딸을 기다리며 매일 인천 부둣가만 헤매다
　　　돌아 가셨대요. 귀국해서 안 사실이구요.

철 호 : 망할 놈들, 그토록 악랄한 짓들을 하더니 원자탄
　　　세례를 받고야 정신을 차리다니.

석 화 : 그나저나 상해 망명 가셨다 그토록 고생을 하셨던
　　　아버님 두 분은 아무런 대가도 없이 고생과 희생

으로 한 세상 맞으셨네요.

철　호 : 국운이지. 아직까지도 갈팡질팡 하는 나라꼴이 안
　　　　타깝기만 해.

석　화 : 우리까지는 그런 대로 이해와 용서가 되지만….

철　호 : 석화, 우리가 고생한 대가가 겨우 노인 양로원 신
　　　　세라니. 우리는 지금 연옥에서 헤매는 것 같다.

석　화 : 누구에게 호소합니까. 그러고도 아직 일본 정가
　　　　사람들은 강제 위안부 소리만 나와도 외면하고 그
　　　　때 일은 우리가 왜 책임지나 옛날 일이야 라고 호
　　　　통만 치고, 쓸모없는 섬, 독도 하나를 놓고 자기네
　　　　것이라고 큰소리치는 꼴이란 한심하고 분통이 터
　　　　질 것 같습니다.

철　호 : 석화. (석화 손목을 더듬어 잡으며) 우리 황금 같
　　　　은 청춘은 어디서 보상받지?

석　화 : 철호 씨, 아직까지 살아주신 것만도 고마워요. 단
　　　　한 번이라도 꼭 만나 뵙고 싶었어요.

철　호 : 사랑했어, 보고 싶었어. (석화를 끌어안는다.)

석　화 : 지금도요? (약간 쑥스러워한다.)

철　호 : 그럼 언제까지나…. 이 생명 다할 때까지….

석 화 : 고마워요. (눈물을 닦으며) 전 이젠 지금 죽어도
　　　여한이 없어요.

(이때 자동차 클랙슨 소리가 들린다.)

최상현 : (무대로 나오며) 자, 그만 다시 만날 기회를 드리
　　　겠습니다.

세 사람 조용히 일어설 때 막이 서서히 내리며
조용히 아리랑 노랫소리가 들리며 막이 내린다.

암전.

―폐막―

朴賢淑 隨想集 **추억의 산책**

지은이 | 박현숙
펴낸이 | 조유현
편 집 | 이부섭
본문디자인 | 김민정
표지디자인 | 박승비
펴낸곳 | 늘봄

등록번호 제1-2070 1996년 8월 8일
주소 서울시 종로구 충신동 189-11 동국빌딩
전 화 02)743-7784
팩 스 02)743-7078

초판발행 2010년 4월 19일

ISBN 978-89-88151-49-5 04810